風に吹かれて、旅の酒

太田和彦

集英社文庫

目次

本文デザイン　横須賀 拓
本文イラスト　田辺俊輔
本文写真　太田和彦

風に吹かれて、旅の酒

山奥の三十二の瞳

晩秋の十一月。岐阜県中津川《なかつがわ》の山奥で、小学校の恩師を囲む会を開いた。

終戦後十年の昭和三十一（一九五六）年、私は学校教師の父について長野県木曽《きそ》南端、岐阜県境の神坂村《みさかむら》小学校に五年生で転校した。その新学期初日、今日から新しい先生が来ると緊張する教室に現れたのが新任の木下先生だ。大学を出た初の任地は山奥の村の小学校で、その日が教師としての初日であった。

まず黒板に「木下交平」と書いてチョークを置き「きのしたこうへい、学校では陸上をやってました」と自己紹介した。我々は十歳、先生は二十一歳。音楽、家庭科以外全教科担任、特に体育は張り切り、田舎《いなか》の純朴な子供五十四人は、たちまち先生をやや歳《とし》の離れた兄のように慕っていった。

山深い学校は雨の日も風の日も険しい山道を片道二時間歩いて通う子は普通。秋の遠足や運動会。六年次の伊勢《いせ》修学旅行は大都会の名古屋や海を初めて見て興奮、二見《ふたみ》が浦《うら》で記念写真を撮った。

我々が小学校を終えて中学に進んだ昭和三十三年、神坂村は激動した。飲み水からおきた集団赤痢の発生で小中学は休校して隔離病棟と変わり、私も体育館に敷き詰められた布団で寝起きした。

さらに村が岐阜県中津川市への越県合併を決めると、文豪島崎藤村《とうそん》の生地が岐阜県になることに反対した派により村は二分。国の裁定で分村と決まり、学校のある地区は岐阜県となったことから、学期半ばで、木下先生や私の父もふくむ長野県教員である小中校の全先生は学校から去り、長野県地区馬籠《まごめ》の民家に寺子屋教室をひらく異常事態になった。

乱暴な自治体裁定の犠牲になったのは学童だ。私は長野県側で先生は替わらなかったが、大多数の、岐阜県となった生徒は岐阜県教育委員会から突然全員新任で来た先生たちになじまずボイコット、教室は荒れたという。賛成反対に分かれた親同士は口もきかなくなり、自然、子供同士も交流を絶たれる悲劇となった。

翌年三月、父について私は転校。新人教師には予想もしなかった事態を経験した木下先生も新任地に去った。以来、教え子は先生に会うことはなかった。

＊

「先生、義弘です」「おお、義弘か」「先生、祥子です」「おお、祥子、大きくなったな」「先生！」。集まった会場にかつての教え子が次々に先生に挨拶する。参加十六名全員が六十年ぶりの対面だ。八十三歳となられても恩師の顔を忘れるものではなく、先生もまたそう見ているだろう。

今年（二〇一八年）の正月、故郷松本《まつもと》のタウン紙に私が書いたエッセイを先生が見て便りをくださり、松本隣の塩尻《しおじり》市にご健在と知って、この「木下先生を囲む会」となった。

早世した仲間への黙禱《もくとう》の後、乾杯して会が始まった。大きな丸テーブル三つに分かれた席を、先生は「紹三、くに代、紀和子」と一人ひとりに話しかけてまわり、ひとときも腰を下ろさない。持参されたかつての遠足や修学旅行、卒業写真に「あ、これオレだ」「これ私」と歓声があがり、昔の仲間に戻ってゆく。やがて時間が来て先生が挨拶された。

「教員となって最初の担任が皆さんだった。新米教師がはたして何を教えてあげられたかは自信がない。しかし、今の皆さんを見て、共に過ごした二年間が本当に自分の出発点となったのは間違いない。皆さんのおかげで自分は先生になれた。どうもありがとう」

盛大な拍手がながく続いた。

有志が残った別部屋で二次会となり、雰囲気はリラックス。

軽口をたたくうち、いつしか六十年前の分村後の学校のことになり、岐阜県とされた者が話した。

「ある日突然友達がいなくなり、教科書も先生も替わり、新しい先生は生徒の顔も名前もわからず、授業はめちゃくちゃで、うまくゆかずに生徒を殴る先生もいて、全員が教室から逃げ出した。前の先生を思いだしてよく泣いた」

うつむいて聞いていた木下先生は顔をあげた。

「学期中に学校が割れるなどあってはならないことで、先生たちは一丸となって県に無理を主張したが通らなかった。中三担任の竹内先生は、就職進学の進路指導に一番大切な時に、大半が岐阜県となった生徒を見放すことはできず、教員免状を岐阜県に移して進路指導を続けられた」

「それは知っています。でも先生が替わらなかった三年生はうらやましかったです」

恩師と六十年ぶりの対面

木下先生はやや無念そうな顔を見せたが、一人の「でもオレたちはこうしていま先生に会えてるじゃん」の一言ですべてが捨象された。

恩讐《おんしゅう》の彼方《かなた》に。幼き日、若い熱心な先生に教えられた幸福を全員が感じていた。

神戸のジャズ歌姫

十月、待っていた案内状が届いた。〈神戸《こうべ》の街と共に歩んできたジャズバーのヘンリーは、本年春をもちまして創業60周年を迎えました。この間、阪神淡路《あわじ》大震災からの復興など多くの苦難を、人と人、時代と時代をつなぐ〝音楽の力〟で乗り越えてまいりました。これもひとえに……つきましては、多年のご懇情を謝し……

〝ヘンリーと音楽仲間達〟実行委員会代表　石井順子〉

石井順子さんは八十歳の現役女性ジャズシンガー。私は神戸で聴いた歌声に魅せられ、六十周年の会にはぜひ呼んでくださいとお願いしていた。その日が来た。

会場はポートピアホテル。〈兵庫県政150年・ヘンリー60周年記念　大正・昭和・平成をつなぐ音楽の集い　協賛：兵庫県・サントリー酒類株式会社〉。県協賛とはすごい。私は演奏を楽しみに来たのだが、大ホールの百六十人着席フォーマルで、上衣で来てよかったな。受付に並ぶと、すかさず石井さんが「太田さん」と見つけハグしてくれうれしい。案内された席はなんと兵庫県知事の隣。これは粗相できないなと緊張するうちお見えになり、開会は知事の挨拶で始まった。

「平成八年、副知事に着任歓迎会の二次会のカウンターにいたのが順ちゃんで、間もなくヘンリーが（震災後）再開するので来てくださいと誘われて通い始めた。順ちゃんがまだ五十代の頃です」

〝順ちゃん〟と親しく呼ぶのがうれしい。ヘンリーにあった色紙〈一刻の静けさ憩うヘンリーには順子姉御の声響くなり〉はこの方のだった。今日はもう一枚祝い額をとなって小柄な石井さん登壇し、盛大な拍手。長手袋、深紅のカクテルドレスに、ふわりと白い袖無しボレロがとても似合うスターの輝きだ。

〈ジャズの音絶えないお店ヘンリーは順子ママとともに六〇年〉。年長八十歳なのに額を受けてはにかむ石井さんにまた拍手。そして乾杯あってがやがやと。ステージには盟友、神戸のアマチュア・ジャズバンド「神戸ディキシーランド・ビッグメンズ」が登場。会場にはお歴々もいると見受けられるが野暮な祝辞など無用、ジャズだジャズというスマートさはさすが神戸。そのコルネット、トロンボーン、ピア

全く衰えない歌唱の魅力よ

ノ、バンジョー、ベース、ドラムのニューオルリンズジャズの見事さ。石井さん弟の腰をぐっと落としたソプラノサックスの絶妙なプレイなど、全く枯れないスイング感あふれる演奏に、ジャズは年齢を重ねて良くなる音楽と実感する。
隣の白髪温和な知事は机に指先でトントンとリズムをとり、ジャズ好きの県知事とは格好いい。

＊

そしていよいよステージに石井さん登場してライトが当たる。私はオープニング曲は何だろう、おめでたい日なので軽快なナンバーかと想像していたが、歌い始めたのはしっとりとしたバラード「エンブレイサブル・ユー」。

♫Embrace me, my sweet embraceable you……

（美しい人よ　私を抱きしめて　かけがえのない人よ　私を抱きしめて　一目見ただけで　私の心は酔いしれてくる……）

艶のあるビブラート、歌い慣れた心情深い解釈、そっと差し出す手、ややあってゆっくり歩き始める余裕。私の目はたちまち涙であふれた。御年八十歳。よくテレビでみる往年の歌手の老残とは全くちがう、まさに長い歌手生活の頂点を聴いている震えるような感動だ。会場は静まりかえり、コルネット、トロンボーンの心のこもった間奏の後ふたたび歌い始めた声にまさに聴衆は一つ。いま日本にこれだけ明晰《めいせき》に深く洗練されたジャズ歌手はいるだろうか。

二曲め、これもスタンダードナンバー、軽快な「バイ・ミア・ビスト・ドゥ・シエーン」は腰も軽く腕を左右に振ってリズムをとり楽しい。ひと休み入れ、スイング華やかな「ス・ワンダフル」、しっとりした「イッツ・ビーン・ア・ロング・ロング・タイム（お久しぶりね）」。終曲「愛の讃歌《さんか》」はここぞ正統にと歌い上げ、私の目は潤い放しだ。その後を引き受けたギネスブック認定世界最高齢現役ジャズトリオ、三人あわせて二百五十八歳の「ゴールデン・シニア・トリオ」でステージは終わるはずだったが、石井さんは最後にもう一曲と、客席から若いアマチュアのピアノとドラムを呼びだして歌ったのは、なんと笠置《かさぎ》シヅ子の「買物ブギー」。

♫おっさんおっさん　これなんぼ　わてほんまにようわんわ
表情豊かにステージをかけまわり、ときに跳び上がる、このサービス精神よ！

誰ひとり帰らぬ客は神戸の歌姫に酔いしれた。

一月六日はジャズハウス「ソネ」で毎年恒例のライブという。これも行かなくちゃ。

忌野清志郎と飲んだ夜

十一月二十日毎日新聞朝刊東京版に〈音楽いつまでも心に　忌野清志郎《いまわのきよしろう》さん率いたRCサクセション　国立《くにたち》でイベント　仲間らが思い出語る〉として、平成二十一（二〇〇九）年に亡くなった忌野清志郎の「忌野忌」を毎年五月に続けている会が十七日、国立で開いた集まり「楽しい夕《ゆうべ》に」を記事にした。

清志郎の中学先輩でRCの前身となったバンドを組んでいた武田清一さんとともに、私もゲストに呼ばれて話をした中で「太田さんは清志郎と酒を飲んだことがありますか？」と聞かれた。

一度ある。

かなり昔のこと。音楽関係の友人から「清志郎と飲むけど来ないか」と誘われ二

清志郎は音楽のなかに生きている

つ返事。「どこがいい?」となり、あまり彼を知っていそうな客がいない店がよいだろうと、三軒茶屋《さんげんぢゃや》の古い大衆酒場「味《あじ》とめ」にした。

やや遅れて行くと、ほどよく混んだ広い上がり座敷の隅の机で二人がひっそりと飲んでいる。品書きビラが店内を埋め尽くす味とめは大衆酒場好きには安く良心的で知られ、劇団役者たちが芝居の打ち上げによく使っていた。

名物は話し好きの女将《おかみ》さんで、目の前に座るとなかなか離れない。時々来る私に「太田先生、今日はなに?」と話し始め、そのうち、当時髪を緑に染めていた清志郎を見て「あんた音楽かなんか、やってるんでしょう、若いうちだけよ」と意見し、彼は蚊の鳴くような声で「はい」と頭を下げた。

私はよい機会なので彼の音楽観など聞いてみようと思っていたが、あぐらでうつむき、寡黙にちびちび盃《さかずき》を口に運ぶ様子に芸術家の繊細な感受性をみて、野暮な質問はやめ、直接話さずに彼にも面白そうなバカ話を友人と続け、愉快な酒の席になるようにした。

そのとき清志郎がすでに私を知っていたのは、デビュー間もないRCサクセションの唯一の発表の場であった渋谷《しぶや》の東京山手《やまて》教会のライブハウス「ジァン・ジァン」に私が通い、幼い女子高生ばかりの客に嫌気がさしている様子をみて「大人の男のファンもいるぞ」とばかり黄桜《きざくら》の一升瓶を差し入れし、後年それを清志郎が自著『十年ゴム消し』に「黄桜の青年」として書いていたからだ。その話を私は出すつもりはなかったが、ぼそりと「あれはうれしかったです、ありがとうございました」と初めて顔をあげて私を見た。

＊

清志郎と気づく人は誰もいない酒はうまく、いつしかもう一軒行こうとなって友人が提案したのは、東大駒場《こまば》寮にその頃あったバーだ。

ではとタクシーをひろい東大正門前で降りたが、夜の構内は真っ暗。それでもなんとなく見当をつけて行くとあり、学生がやっているのではないちゃんとプロが出店したバーだった。

カウンターでウイスキーなどちびちびやって話も尽きてきた様子を見てか、後ろの席にいた女学生が「あのう、忌野清志郎さんではありませんか」と声をかけてきた。「そうだよ」と振り向く彼に彼女は言った。

「集会室にギターがあるんですけど、何か歌ってくれませんか」

普通はオフタイムのプロ歌手にこんなことを言えるものではないが、そこが東大女子のもの怖《お》じしないというか、世間知らずというか。とっさにたしなめようとする友人をさえぎった彼は「いいよ」と立ち上がった。

おもしろい成りゆきになったが、その場にのこのこついて行くのは邪魔でしかない。すぐ戻るだろうとしばらく飲んでいたが、なかなか帰ってこないのは、きっと興がのったのだろう。数人で聴いたのか、大勢集まってきたかは知らないままに、我々は引き揚げた方がよいなと先に帰った。

これには後日談があり、清志郎はバーカウンターに帽子を忘れ、翌日一人で自転車でとりにきたそうだ。――こんな話をしたのだった。

清志郎は音楽も人間も純粋そのものだった。唯一無二の説得力ある歌唱力、詩曲の膨大な作品群、また社会への鋭い警鐘。画家、文章家の才能も見逃せない。亡くなって青山葬儀所で営まれた葬儀「青山ロックン・ロール・ショー」に六時間並んで手を合わせ、出口でもらった遺影写真は今も額に入れて事務所に置いてある。

私にとっては最初期の「ジァン・ジァン」での演奏を録音しておいた膨大なカセットテープ、未発表作の唯一の録音数曲もふくんで作ったアルバム『悲しいことばっかり　RCサクセション　オフィシャル・ブートレグ』が、生前の黄桜一升瓶に続く彼への捧《ささ》げものだ。これが発売されたときの朝日新聞夕刊の紹介記事「清志郎ファンはこの人に足を向けて寝られない」は、うれしかった。

京都の夜（1）

京都に用事ができ、しめしめと先乗りした。最近出張にパソコンを持ってゆくようになり、電車の席や宿泊ホテルで原稿を書くが、これが他にすることのない場所ゆえ集中して、はかどるはかどる。今日も新幹線車中で富士山も名古屋も気づかないまま、着いたホテルでさらに仕上げ、だいぶはかどった。

ヨーシ働いたぞと着替えて京の町へ。楽しみにしていたのは新装成った南座《みなみざ》を見ること。夕闇にライトアップされた全容はまことに美しく、四条通《しじょうどおり》対面側は眺めて写真を撮る人でいっぱいだ。

五階上の巨大な千鳥破風《ちどりはふ》屋根には櫓《やぐら》が上がり、下の唐《から》破風は矢来《やらい》を組んで緑鮮やかな松の木を並べ、無数に吊《つ》るした銀の短冊がきらきらと光る。その下左右いっぱい二段の「まねき（役者名札）」は、京の歳末の年中行事、東西合同大歌舞伎「吉例顔見世興行」だ。夜の部、四時過ぎの開演に着物姿のお姐《ねえ》さんご婦人らが続々と入ってゆく。

南座は四百年の歴史をもつ日本最古の劇場で〈阿国《おくに》歌舞伎発祥地の碑〉が建つ。慶長《けいちょう》八（一六〇三）年、四条河原で女人・出雲《いずも》の阿国がかぶき踊《おどり》を披露したのが歌舞伎の起源。近くの川端には、伊達男《だておとこ》に扮《ふん》して肩に刀をかつぎ、扇を広げて踊る阿国像も立つ。阿国は人気を博したが風紀を乱すと、女性歌舞伎禁止令が出て男が女役を演じるようになり今の形が生まれた。阿国は晩年故郷の出雲に帰り、尼となって生涯を終えたという。

＊

さて、南座正面路地奥「祇園河道《ぎおんかわみち》」の階段を上がろう。

「こんちは」

「はい、お待ちしてました」

人気店ゆえ東京から予約しておいた。カウンターの中の女性河本さんは若くして調理人修業に入ったが、京都のそこは男社会。壁を背に立っているだけの毎日に耐えられず「お皿を洗わせてください」と申し出ると「お前、皿洗いできるんか」と言われた。初めて鍋を振らせてもらうとずしりと重く、やはり男の仕事と知る。

苦節数年、一年に何度も出ない最高級の魚をまかされたときは包丁が震えた。自分の店を持つと決めると場所にこだわり、祇園のここ二階とベストになった。

「きれいだね、こうでなくちゃ」

しばし見とれる窓外正面はライトアップ美しい南座全景。工事のテント覆いが長かっただけに再開がうれしい。どうぞその席でもと奨《すす》められたが「ぼくは河本さん見ているほうがいい」とカウンターへ（口がうまい）。

ビールビール。喉を湿してのお楽しみは丸盆のお通し三品。その一つ〈牡蠣煮《かきに》〉を口にした瞬間「うまい！」。「反応はやいですね」「だってすぐわかったもん」。煮る出汁《だし》がこだわりだ。さらに一五センチもある大物〈子持ち鮎《あゆ》甘露煮〉を頭からがぶり。何か言う余裕もなく重ねて一口、二口、実山椒《みざんしょう》のきいたそのうまさ。自信作だが品書きに載せてもあまり注文されないので、思い切って大サービスでお通しに加えたそうだ。

これには酒と「根知男山《ねちおとこやま》」のお燗《かん》にすると、用意した徳利は細い注《つ》ぎ口に肩幅ひろい裾すぼまりで鶯《うぐいす》が描かれる。私は盃は山ほど集めて、今は徳利蒐集《しゅうしゅう》だがなかなかない。当店はその稀覯品《きこうひん》がいろいろある。

「これは珍しいね、どこで？」

「この間、東寺《とうじ》の弘法市《こうぼういち》で。注ぐと鶯が鳴きます」

はあ？　ではと注いで首を起こすと本当に「ぴよぴよぴよ」と鳴く。注ぎ終えてどっと酒が下りて吸う空気が中の笛を吹いて音を出す。もっと聴きたいとまた注ぎ、酒が減ると音も小さくなる。

「たくさん飲ます仕掛けかな」

「ええ、でも楽しいですよ」

日本人ていろいろ考えるなあ。

さあお料理。まずは定番〈お造り盛り合わせ〉に舌鼓。私の大好物二品、その日のいろんな魚の〈なめろう薬味めかぶ和《あ》え〉、ほろ苦さ最高の〈鶏胆《とりきも》スパイスやわらか煮〉は見送って、カウンターのきのこの山に目をつけた〈牡蠣と焼松茸《やきまつたけ》みぞれ山葵《わさび》和え〉を。うまいのう、京都に来てよかったのう。

店は満席になり忙しくなってきたが、料理はすべて自分できりまわしてまことに余裕しゃくしゃく。カウンター奥の一人客は年に何度か広島からここを楽しみに来る。南座が見える窓際ベスト席は中年男性二人が向かい合いで悠々と盃を。男社会でもまれた気《き》っ風《ぷ》良い女主人は、白ポロシャツに細身の黒ニットタイ、白調理着の

新装成った南座

男支度。女も男もファンが多く、まさに出雲の阿国か。

品書きにない酒もあるはずと言うと、たちまち保冷庫にしゃがんでがちゃがちゃと一升瓶三本を並べ、おすすめの伏見《ふしみ》・京姫《きようひめ》酒造「匠《たくみ》」大吟醸お燗で、また鶯を鳴かせたのでした。

京都の夜（2）

目が醒《さ》めたら京都にいる。昨夜はたっぷり飲んだけれど、十時にホテルに戻ればそのままバタンキュー。年寄りは朝六時には起きてしまい、風呂を浴びたら他にすることはなくすぐパソコン前へ。おかげではかどる。これからは仕事場では事務、原稿は旅先といくか。

だいぶ働いてそろそろ昼飯。昨日は日中気温二〇度と夏並みだったが、今日は小雨まじりにやや冷えびえと、ようやく初冬の京都の空気になった。

錦《にしき》市場の食堂「まるき」はきっちり十二時開店の即満員。いつもの〈親子丼定食〉九八〇円を注文。客には東京の人らしきもいて「きざみきつね、木の葉丼、て何ですか？」と聞いている。

盆を運んできた見覚えのある店の女性が「子育てが一段落したので復帰しました」と声をかけてきた。二年間お休みしたそうで、そんな挨拶を聞いた覚えがある。「久しぶりに居酒屋も行ってみたいが、最近よい店ありますか?」「あるよ」「どこです?」。昨晩の祇園河道を言うとメモしている。行ってらっしゃい。そういえば昔から手伝う年配のおばさんに、孫育てに専念するので退職しますと挨拶されたこともあった。

隣の漬物「錦・高倉屋《たかくらや》」の主人は京都一の伊達男・バッキー井上さんの店。先日新著『いっとかなあかん店　京都』(140B)を戴《いただ》いたのでお礼を言わなきゃ。「バッキーさん、いる?」「あ、今朝は聖護院《しょうごいん》の漬け込みに行ってるんですよ」。聖護院大根は今が時季、仕事熱心でよいことだ。お礼を伝え、いつもの〈養老漬〉に〈赤かぶらぬか漬〉も買う。

そのまま錦市場中ほどの鶏肉「鳥清《とりせい》」へ。わが家の正月恒例の鴨鍋《かもなべ》用鴨肉と〈も照焼〉を買って送るよう妻に厳命されてきた。京都で肉といえば牛でも豚でもなく「かしわ(鶏)」のこと。今の親子丼もそうで、鶏肉と玉子の扱いは日常食で天下一だ。すぐ先「三木鶏卵《みきけいらん》」の〈だし巻き〉もたいてい土産《みやげ》に買うけれど、まだしばらく居るので割愛。

川越しに支度中の「さか本」が見える

と、毎度のことをしてすぐホテルに帰り、再び机に。せっかく京都に来ているんだから、どこか観光でもすればと思うかもしれないが、「まるで京都に住んでいるようにする」のがいいのだ。

てなわけで夕方、本日もお終《しま》いにして京都の夜へ。

関西の食雑誌『あまから手帖《てちょう》』の連載をまとめた近著『関西で飲もう　京都、大阪、そして神戸』（小学館文庫）は、一年間続けた関西割烹《かっぽう》めぐりが中核で、居酒屋党だった私はようやくにして割烹を知った。その一軒「さか本《もと》」をお礼をかねて訪ねよう。

*

祇園。朱の名入り柵に囲まれた小さな辰巳《たつみ》大明神に手を合わす舞妓《まいこ》さんを何度も見た。神社に沿う白川《しらかわ》の流れには時おり白鷺《しらさぎ》が降り立ち、この先で鴨川《かもがわ》に注ぐ。この夕景は京都でいちばん心ときめく時間だ。対岸は二階建てしもた屋の割烹が明かりを灯《とも》してずらりと並び、「さか本」もご主人はカウンターで包丁、白割烹着のお母さんは座布団を整えるのが見える。石の巽橋《たつみばし》を渡り、水打ちした石畳細小路《ほそこうじ》を奥に進んで、まことにさりげない玄関へ。

「予約の太田です」

「おこしやす、さあどうぞ」

履物を脱ぐ座敷と知っているから新しめの靴と新品の靴下で来た。京都の店は履物を見る。渋い六色の座布団が並ぶカウンターのいちばん奥、今向こう側から見ていた、窓下は川の絶好の席へ。正面棚に立てた『ミシュランガイド』に私の小著が重ねられてこそばゆいが来訪の気遣いだろう。

「その節はお世話になりました」

「こちらこそお礼申します」

さて何にする。割烹の品書きは「こういうものができます」くらいで何でも自在に注文でき、それが楽しみでもあり、悩ましくもある。食前腹おさめの白粥《しろがゆ》と小梅を口にして、まずは酒から。

いま日本酒は最高の黄金時代で意欲ある居酒屋はその品揃《しなぞろ》えで勝負するが、割烹はむしろ、わりあいおとなしい定評酒を置くと知ってきたのは、主役はあくまで料理、酒は引き立て役だからだ。

半紙〈祇園有酒〉の全国十三種のうち羽田《はねだ》酒造「初日の出《はつひので》」は北山杉の桂《かつら》川《がわ》の伏流水とのこと。京都酒をこれにしたのは、間もない正月を意識したのか。

「本醸造ですがうまいですよ」

大吟醸だ、純米だと日本酒通はうるさいが、最近私は盃を重ねるには本醸造のおだやかさが良いと思うようになってきた。

ツイー……。

「これはいい」

「京都は軟水ですから、どうしても甘口になりますね」

香りひかえめにしっとりした旨《うま》みに品がある。そこにお通しが。さあ始まるぞ。

平成最後の正月に

新年なのでおめでたく。

落語でおなじみの「寿限無《じゅげむ》」は、子供に縁起の良いながい名前をつけた言葉遊び。

〈じゅげむ　じゅげむ　ごこうのすりきれ　かいじゃりすいぎょの　すいぎょうまつ　うんらいまつふうらいまつ　くうねるところに　すむところ　やぶらこうじのぶらこうじ　ぱいぽぱいぽ　ぱいぽのしゅーりんがん……〉

今から六十年以上も前のまだ小学生のとき、簞笥《たんす》の上の真空管ラジオから聞こえてきた落語で寿限無を聴いた私は、意味なく続く文を自分も作ってみたくなった。

〈ふいけい　ぶいけい　とるめのやるさけ　むーらくれっとん　ちんかーるい　ちょるばいてん　ちきりっとん〉

すらすらと書ける、今でも口ずさむ私だけのおまじないだ。

〈トンネル抜けて　山越えて　止まるたんびの停車場で　あんぱん買って　お茶買って　飲んだり食べたりすることも　楽しいことの汽車の旅　お腹《なか》が張って眠くなり　夢も楽しいふるさとの　思い出のせて汽車は行く　がったんごっとん　ぴーぽっぽ〉

同じく小学生のとき父に買ってもらった雑誌『少年クラブ』の漫画「のらくろ」が故郷に帰る、見開きいっぱいに描かれた蒸気機関車遠景の上の文がこれ。この場面が大好きで何度も音読し、ついには憶《おぼ》えてしまった。好きなのは〈あんぱん買って　お茶買って〉のフレーズ、戦後の子供はつねに腹が減っていたのだ。あんぱんは買わないが旅好きになったのはこの詩によるのかもしれない。見開き絵の汽車が左に進んでいたのは「西下」のイメージだったのか。

＊

去年も、仙台、秋田、浜松、佐世保《させぼ》、五島《ごとう》、新潟、能登《のと》、熊本、天草《あまくさ》、会津《あいづ》、静岡、中津川、弘前《ひろさき》、能代《のしろ》、小田原《おだわら》、富山、魚津《うおづ》など旅が続いた。京都、大阪、神戸は何度も行った。旅は日常を離れるだけでも意味があり、同じ場所でもなにか発見がある。

五島、天草の「長崎と天草地方の潜伏キリシタン関連遺産」は最も感動した風景だった。弘前のリンゴ園を訪ねたとき、美しい黄色に実った「マルメロ」を一つ、もいでいただき、仕事場の机に置くと毎日の芳香がかぐわしかった。少年雑誌で見た「のらくろ」の旅はまだ続いている。

本もたくさん出していただいた。『老舗《しにせ》になる居酒屋　東京・第三世代の22軒』（光文社新書）、『おいしい旅　錦市場の木の葉丼とは何か』（集英社文庫）、『おいしい旅　夏の終わりの佐渡《さど》の居酒屋』（同）、『関西で飲もう　京都、大阪、そして神戸』、『酒と人生の一人作法』（亜紀書房）、『居酒屋へ行こう。』（ポプラ新書）。似たような本ばかりでまことにお恥ずかしいが、連載のまとめや、この十年ほどに書いたものの集成で、つまりは在庫一掃、もう何もありません。

暮れも押し迫った二十六日。お世話になった出版社、編集者の方に声をかけ、新宿の居酒屋で忘年会を開いた。私は夕方五時に来ているが、何時からでも、どなたかお連れいただいても何でもOKの飲み放題。一人、二人を相手にちびちびやっているうち、どんどん人が来て、別の忘年会の重なる人は一時間ほどいて帰り、入れ替わり立ち替わり総勢二十数人ほどが来てくださった。

出版社の文芸関係は他社同士も互いに知り合いで仲がよく、A社からB社に移った元同僚に「今どうしてる？」と聞いたりする不思議なつきあいだ。

およそ三十年も前、資生堂を退社してフリーになり、さてこれからはどういう人とつきあうようになるのだろうと思っていたとき、作家・椎名誠さんに連れられたこの居酒屋「池林房《ちりんぼう》」で、いろんな編集者が入り交じって闊達《かったつ》に酒を飲み、しかしどうやら肝心なことは言わないらしいプロ同士の雰囲気を知り、非常に新鮮で気持ちがよかった。他業種でこういうことがあるのは新聞記者くらいか。

名刺交換もしているが顔なじみ同士も多く「一年ぶりですね」と話がはずんでいる。最近は女性編集者がたいへん多く酒豪もいて、場が華やかなのもうれしい。酒もおおいに売れたことでした。

今年は平成の終わる年。二十一世紀・二〇〇〇年のときも、昭和の終わったときもそれほどでもなかったが、平成の終了には感慨がわくのは、四十二から七十二歳の人生の完成期だったからだろう。「平成が戦争のない時代として終わろうとしていることに心から安堵《あんど》する」という陛下のお言葉の大きな歴史観に感動した。陛下同様、新元号からは私も余生だ。

仕事始めに新年の青い榊《さかき》を上げた神棚に手を合わせた。

新元号の時代も平和でありますように。

仕事場の一隅もきれいにしました

いろいろ集まって

いつの間にか仕事場にいろいろな物がたまった。本は執筆資料なので仕方がない。趣味の映画DVDは市販品もテレビ録画もどんどん増え、昔のVHSテープも山のようにある。もちろん再生機も。

十五年ほど前に大学で教えていたとき図書委員をさせられ（館長は赤坂憲雄先生だった）、映像部門の充実を提唱、世界の名作映画二百の選定購入役を引き受けた。参考に他大学の所蔵作を調べたが教科書的なものが多く、内外の有名作はほとんど観《み》た自信から、おおいに個性を出して選定。その解説を書く仕事は楽しかった。ほとんどはVHSだったが、今どうなっているだろう。

仕事場の棚に左右六メートルほど並ぶ、若い頃から爪に火を灯すようにして集めたクラシックやジャズのＬＰレコードはおよそ千二百枚。日々の癒しに欠かせないが、いずれどうするか。

ジャズの泰斗・野口久光氏の集めた膨大なレコードは、一関《いちのせき》の名ジャズ喫茶「ベイシー」が引き取ったと聞き、あるとき訪ねると空調の立派な一室に整然と保管されていて安心した。お願いすれば聴くこともできるという。大橋巨泉《きよせん》氏の蒐集はタモリ氏が引き取ったという美談も聞いた。レコードは放送局にいちばんあると思っていたが案外そうでもなく、昔ラジオで音楽番組をやっていたときは自分のを持って行った。

美術家の悩みは作品保存と聞く。有名作家で売れる絵ならば別だが、それほどでもなく、せいぜい展覧会に入選した程度はたまっても困るばかり。特に彫刻など立体は場所をとり置き場に困る。それぞれ立派な作品だろうが残された側にはがらくたで、もらってくれる当てもない。

私の資生堂デザイナー時代の仕事は作品集にまとめたが、現物は大切に残していた。それを企業資料館からワゴン車で大量に引き取っていただいたときは心底ほっとした。これで永久に残る。資生堂はよい会社だ。

多数ある自著本（くだらないですけど）は、一応すべての出版物は国立国会図書館に収められているはずだし、誰かが持ってくれているかもしれないのでまあ安心か。仕事を残すのもたいへんだ。

＊

それほどでもない本当のがらくたはいっぱいある。

ずいぶん昔はじめて訪ねたロンドンで泥棒市に行き、あれこれ見てまわるうち何か買いたくなり、高さ一五センチほどの真鍮《しんちゆう》の猿に目が留まった。両足で立ち、何かを捧げるように手を差し伸べて広げ、少し横を向いた表情に愛敬《あいきよう》がある。雄らしく股間にちょこんと突起のつくのも可愛《かわい》らしい。

「イズイッツ、ラッキーモンキー？」「オー、イエースイエース」。売る男は「そうですそうです」と大きく手を広げて真似《まね》た。案外重いのを鞄《かばん》につめて持ち帰り、広げた腕に鉛筆を一本置くと「ご主人さまお疲れさまです、さあもう一仕事」と言うようだ。足の小さな穴は、もとは台があったのだろう。彼もはるばるロンドンから日本に新しい居場所を得た。以来、私の執筆の守り神だ。

旅に出るとあれこれがらくたを買うようになった。好きなのは無垢《むく》の金物、とくに真鍮。京都清水寺《きよみずでら》・五条坂の骨董市《こつとういち》で見つけた半裸で琵琶《びわ》を弾く真鍮の弁天様は値段が高く、明日来てもまだあったら買うと決めてゆくとあり、おおいにまけさせ

私の執筆守り神

て買った。

机上の真空管アンプの上の、短い四脚に首長の青銅の馬（驢馬《ろば》？）も京都で買ったもので、機能本位のアンプに置くと温かみが出た。大津《おおつ》の古道具屋にあった小さな亀は案外よい値段だが頑としてまけてくれず、なら掘り出し物だろうと買った。文鎮にちょうどよい。石垣島《いしがきじま》の青銅の鯰《なまず》も文鎮に。中国上海《シャンハイ》の土産物店で買った鋳物の大仏には座布団をつけた。

旅の買物に金物の難点は重いことだが、だからいい。私の祖父は四代続いた金工職人で、仕事ぶりを幼いころ飽かず見て、金物好きになったのだろう。金物趣味は西洋菓子や煙草《たばこ》のアンティークなブリキ缶に及んでいるが、最近この分野はコレクター急増だそうで値段が上がっている。こういうものを蒐集するのは男と決まっており、女性のコレクターは聞いたことがない。女性は実用価値のないものに関心はないのだろう。

しかし！　人はパンのみにて生くるに非《あら》ず。心を満足させるものこそ価値がある。断捨離《だんしゃり》？　必要ない。実用品ばかりでは夢がないではないか。

本、映画、レコード、金物、すべてがらくた。私が死んだらすっぱり処分してくだされ。あの猿は墓に入れてもらおうか。

神戸の歩き方（1）

仕事で神戸に来ていて今日はオフ日。さてどうするか。神戸好きの私はもう第二の故郷、いつもと同じでいいや。

まずは昼飯。神戸ならば中華。餃子《ギョウザ》の質の高さと店の個性は〝圧倒的〟日本一で、それは明治開港以前から華僑《かきょう》が住んで日常になっているから。戦後に「作った名物」の宇都宮、浜松あたりとは歴史がちがう。気に入りは「金山園《きんざんえん》」だが開店は夜。昼は中山手《なかやまて》通り「良友酒家《りょうゆうしゅけ》」にしよう。

ここは「食在広東《カントン》」広東料理。〈蝦餃＝蒸しえび餃子〉〈叉焼包＝焼豚まんじゅう〉〈寿桃包＝アンマン〉〈奶皇包＝カスタードマン〉〈馬拉糕＝中華風カステラ〉。中華の漢字は面白いな。今日は「おすすめ料理」にある〈トン足煮込み〉を神戸の人に教わった食べ方でいただこう。すみませーん。

「トン足煮込み、あと、その焼そば、平麺で」

伝票を書きながら「いい注文ね」というようににっこりする。

十一時十五分に開店してすぐ来た中高年夫婦が何も見ず「（本日の）定食」と言うのは毎日来るのか。早くもランチの制服女子社員三人、頭にタオル、腰に道具ベルトの現場作業の男三人など、立派な大楼なのに誰でも来るのは神戸の人の中華慣れが感じられる。

届いたトン足煮込みの張り付いた肉に食らいつき、骨を置くとゴトリと音がする。コラーゲンたっぷりにお肌つやつや。終えると濃厚スープの残った皿を引きあげ、数分後には湯気を上げる蒸し平麺焼そばが、うまいのなんの。

満足して見ると、丸テーブル向こうに座った方の〈牡蠣焼そば〉がめちゃうまそう。最近、汁そばより焼そば派になり、当店の〈牛腩炸麺＝牛シチューアゲソバ〉もぜひ食べなくちゃ。

品があって気さくな店はファンが多いらしく、沢田研二、上田正樹、中嶋常幸、松尾貴史《たかし》、高畑淳子《あつこ》、真矢ミキさんらに並び、指揮者・佐渡裕《ゆたか》さん、「グルメ王」角野《かどの》卓造さんの色紙も並ぶ。

「良友酒家」の魅惑の蒸し平麺焼そば

お勘定のとき、ある客の注文した〈牛バラカレー〉がうまそうだったが分厚い品書きにないので尋ねると、まかない裏メニューとのこと。いずれそれもぜひ。

＊

宿泊ホテルのある三宮《さんのみや》駅の南は長大な大歩道橋やガード下通路がいくつもあり、絶望的方向音痴の私は失敗を重ねつつ慣れるしかない。夕方それでも北野坂《きたのざか》の下に行けた。向かうのは小著『関西で飲もう　京都、大阪、そして神戸』で取材させていただいた居酒屋「ばんぶ」。そのお礼だ。

「その節はありがとうございました」「こちらこそ」

ここは母と娘の家庭料理の店。またいつ来るか待っていたという娘さんの顔がうれしい。取材ならば店の来歴や苦心談などをメモせねばならず気を抜けないが、今日はラクだ（飲み歩きを書けばいいのだから簡単ですな、と思われがちですけど、そうでもないんですよ、文になるトピックスを見つけるのも案外難しいんですよ、酔ってられないんですよ）。

十八年前に開店するとき、酔っ払いがどやどや来るのではなく、入りにくくても一度来てくれた客が気に入ってまた来る方がいいと、玄関は閉めて中を見せず、表に品書きも出さないようにした。最初は我慢が続いたが、次第に腹を空《す》かせた独身者や、母娘の居心地がほっとすると、お勤めを終えた女性客などがつくようになったそうで、その話も書けたらよかったなと今思うが、まあいいや。

さあ飲んで食べるぞ、まず生ビール。

ングングングング……プハー。

ああうまい。兵庫は牡蠣の名産地。頼んだ〈牡蠣と空心菜炒《いた》め〉の、お母さんの慣れた仕事の力強い味は、牡蠣はやや焦げ目がつくくらいまでしっかり焼き炒めるのが大切という。そして野菜を含めたこのボリューム。一度来た客が常連になるのは家庭料理のこの味と量あってこそなのだ。

このあたりは神戸きっての飲食密集地帯で、最近神戸は人出が減ってと言うがそんなことは全くない。近くのよく行く小さな居酒屋「吉訪《きつぼう》」の主人とは仲がよいというのもうれしい。

「てなわけよ」

そうなれば吉訪に顔を出さないわけにはゆかずやってきた。一人で仕切る人のよい主人が「ばんぶさんの料理はうまいです、よく腹ごしらえします」とにっこり。ここは珍しい「生酒」専門で、さて何を燗するかと迷った「雪《ゆき》の茅舎《ぼうしゃ》山廃純米生」は一升瓶に残り少なく「あまりうまいんでほとんどぼくが飲んじゃって」と頭をかく。

ツイー……。

たまらんのう。かくして神戸の夜は更け、記事に書く下心なしの飲み歩きはいいなあ、でした。スミマセン。

神戸の歩き方（2）

神戸の良友酒家で昼食をすませて街を散歩した。といってもコースはだいたい決まっており、いつも同じところだ。神戸は坂の街。方向音痴の私でも坂の具合で南北は見当がつく。

まだ春には遠いが、中山手通りから海に向かって下る鯉川筋《こいかわすじ》はなんとなく暖かい。昨日テレビ取材した居酒屋「酒商熊澤《さけしょうくまざわ》」の先に、しゃれたインテリアショップができている。ミッドセンチュリーモダンの椅子、照明スタンド、文房具、鍋。数字入りの目覚まし時計は魅力だが、時計ばかりそんなに数はいらない。素敵なお姉さんに礼を言って外へ。

ふだんの東京ではこういうことはしない。買物は目的の品を買うだけ。住む所を離れた気持ちが足を軽くする。

その先を左に渡った角のビル陰に、全裸等身大のヴィーナス像が置かれていてどきり。美術館で見ると芸術だが、街頭に即物的にあると女湯から出てきたようだ。しばし鑑賞して写真をパチリ。

〈ネギ汁そば〉のうまい中華「順徳《じゅんとく》」の先は、神戸の若い人のセンスよいショップが集まる。板張り床、アメリカングッズの店は以前、金属のシャックル（留め具）を買った。その大型があるけれど、いくつもあってもなあ。

古ビルを再生した一階にできた外国のインテリア古物を置く店をのぞいてみると、あった。

それは真鍮に「500 gm」と浮き彫りした秤《はかり》の重し。六角形の中心に食い込んだ切れ目は天秤《てんびん》用だろう。私は真鍮好きで人形や置物を見ると買いたくなる。しかしこれこそ純粋なる真鍮の無垢の塊。真鍮マニアとしては買わないわけにはゆかない。正んが、私にも理性が。こんなもの買って何になる。値段も三四〇〇円もする。正確に五〇〇グラムは持ち帰るにも重い。牛肉なら食べられるんだと外へ。

この三階建て中古ビルは古着ばかりを扱う。流行やブランドには背を向け、味のある古着を自分流に着こなすのが神戸のおしゃれ。私はめったに服は買わないが、コートは別のコート好き。去年ここで買ったアーミー風の軽いコートはよかった。ま、見るだけと二階へ上がると、あった。

それはオリーブグリーンのレインコートで、平凡な形ながら打ち合わせがボタンではないマジックテープ留めなのが珍しく、春先にはおるとしゃれてるな。値段は、おお、七五〇〇円は安い。着てみるとひざ下丈もぴたり。一枚しかないのは私を待っていたのだと購入。収穫収穫と三階に上がると、またあった。

それは濃紺のなんでもない肩章つき薄手コートで一着しかない。コートのデザインは平凡がよく、着古し感が重要。紳士用のブランド品ならば新品五〜六万円は当たり前だが、着古すのに時間がかかる。三十年愛用していたレインコートはすばらしい風合いになったがついに襟がすり切れて、直しもきかなくなった。でも捨てられずとってある。

六五〇〇円。しかし似たようなコートを二着買うかと着てみると、おお、コートの方が背中から私を抱きしめてくるではないか。これを受け止めぬわけにはゆかない。同じ女性店員に持ってゆくと、好きですねという顔で丁寧に畳んでくださった。

戦利品を手に階下に戻るとさっきの店だ。う〜ん、ウーン……。世の中には運命の出会いというものがあると訳のわからない理屈でただの真鍮の塊を買う敗北感よ。

もう買わない。でも近くの「新生公司《しんせいこうし》」の焼豚は神戸で必ず買って帰るもの。「脂の少ないとこ、その奥の」

手鉤《てかぎ》にぶら下がるいくつもの塊から選んで量ってもらうと、七〇〇グラムほどで二八一五円。つねに財布にあるスタンプカード「うまさブタほめ！」にとんちゃんシールを貼ってもらう。五〇〇グラムの真鍮塊も入る紙袋はだんだん重くなる。

＊

これも必ず寄る中古レコード店「ハックルベリー」の階段を上がった。買わないぞ、チェックだけと見るのはジャズボーカルの棚。神戸は在住外国人が多いからかボーカルの外盤がよく出ていて、ここでずいぶん掘り出し物をみつけた。お、マリア・コールがある。ブラジルの歌姫マイーザも。『ディーン・マーティン／ナポリを歌う』もいいな。名も知らぬ美人歌手も気になる。結局七枚、計九二〇〇円。レコードは重く両手にずしりで、歩くのはつらくタクシーへ。

ああ散財した。しかし……いいではないか。買物なんて滅多にしないし、楽しんだし、夢も手に入れた。言い聞かせ、ホテルで宅配便を手配するのでした。

街角のヴィーナスにどきり

神戸の歩き方（3）

神戸の仕事を終えて明日は帰京。では一杯飲みに行くか。居酒屋「才谷梅太郎《さいたにうめたろう》」で教えてもらった「和酒バー　醸し屋《かもしや》」に入ってみよう。

地下一階、小カウンターと机二つの小さな店、中には女性が一人。〈すべてお燗つけます〉がうれしい日本酒は、鳩正宗《はとまさむね》、雪の茅舎、日高見《ひたかみ》、奈良萬《ならまん》……おお、昨日「酒商熊澤」で教えられて飲んだ「仙介《せんすけ》」がある。

震災で崩壊した東灘区御影《ひがしなだくみかげ》の老舗・泉《いずみ》酒造社長の娘さんは当時高校生で、神戸芸大に進んで美術関係の仕事についていたが、平成十六年、親に乞われて家業を継ぐと決め、このほど十二年ぶりに造った新酒が、その直前に亡くなった祖父の名をつけた「仙介」だ。

ツイー……。

しなやかで清らかな味のすばらしさ。このお酒はいいんですと愛《いと》しそうに瓶を手にする、ひっつめ髪に面長美人のママさんは、赤地に小蝶《こちょう》を散らしたシャツと黒前掛け。「満員電車きらい、残業きらい、上司きらい」のわがままでここを始めたのと笑う。

〈あん胆ぽん酢〉はこの酒をよく補完し、着想すばらしい〈平日青さのり和え〉は青海苔《あおのり》好きの私にぴたり。手にする九谷焼《くたにやき》の大ぶり徳利は豪華な気品、小鉢も粋。

開店八年、ようやく好きな器探しの余裕もできたそうだ。

目の前は茶簞笥が置かれ、カウンターは珍しい茶色のテラゾー（人造石）で手前に木のアームレスト（ひじ乗せ）がつく。

「もと、バーだったんですね」

「今もバーです（笑）」

そうか「和酒バー」だったな。気負わず自分の流儀で続けている様子がいい。うちのような小さな居酒屋が神戸に増えているという。当店はなじみになりそうだ、であれば今日は深酔いせず、また裏を返そう。

＊

ここから北野坂を上がったあたりは神戸一の酒場ビル密集地帯。なじみのバー「SAVOY北野坂」もあるが、絶望的方向音痴の私は辿《たど》りつけた例《ため》しがなく、いつも電話で場所を聞き「いまどこですか?」に返事もできない。今日こそは独力でみつけよう。同じ通りを往復すること三回。ようやく小さなエレベーターで六階へ。

「こんちは」

「あ、太田さん」

目を丸くした顔は一人で来れたという驚きだ。気分は「はじめてのおつかい」、やれやれ。

まずはジントニック。

白タキシードジャケットが日本一似合うバーテンダー・木村義久さんは私と同年代。名オリジナル〈ソルクバーノ=キューバの太陽〉は今やスタンダードカクテルで、バーテンダー協会の要職も務めた功労者だ。それがこんな話を。

「そろそろここは息子に渡し、居酒屋を始めます」「ええ!?」

酒の合間に作るまかない料理のおいしさはよく知っているが、本格的にそっちをやりたい、いやこれは念願だった、特製の超厚鉄板を用意したので、そこを舞台に着物で立ち、時には日本酒カクテルのシェイカーも振りますと熱く、店名も「SA

バー「Keith」のドア

「VOY」をもじり「酒房○○居」と決めてあるそうだ。 はあ、開店にはかけつけます。

いろいろあるんだとさらに坂を上がり、これもなじみのバー「Ｋｅｉｔｈ」のドアを押した。

「いらっしゃいませ」

カウンターで迎える井伊大輔さんは世界の年代物薬草リキュールに凝り、オークションで購入したオールドボトルが並ぶ。これなんか珍しいですという一本、推定一九五〇年代後半〜六〇年代前半の「キナ酒」は「キナ＝ＣＨＩＮＡ」で、ラベルには支那服白髭《しらひげ》の大人《たいじん》に捧げる絵が描かれ、その頃のオリエンタルブームにのった東洋の秘酒という。

「飲んでみますか」「うん」と答えたが待てよ、「一杯いくら？」「五〇〇〇円です」「うーん、半分もあり？」「どうぞ」

その秘酒は、甘く深く精がつくような……。

ここで時々お見かけする神戸在住の指揮者・佐渡裕さんは、先日久しぶりにテレビ「恋するクラシック」に出演。楽器を手に周りを囲む音大生たちの、世界の指揮者の言葉を一言も聞き逃すまいとする澄んだ目つきが印象的だった、と話すと「録画してます、今夜観ます」と意気込んだ。

さあて、そろそろ帰らねば。

帰らねばならぬが足はふらふらとすぐ前の台湾料理「金山園」へ。夜が更けるほど混んでくる神戸飲ん兵衛の最終地。誰もが注文する「ビールと餃子」を私も呪文のように。緑が透ける水餃子を食べ終えたが、ビールはまだ半分以上ある。そうだたまには、

「すみません、ニラ炒め」

それもたちまち。ただぼう然と座る私が、そこにいましたとさ。

奈々福嬢、銀座デビュー

薄雪の舞う今日の銀座。巨大ショッピングビル「GINZA SIX」の地下三階に新しくできた「観世能楽堂」へ、大好きな女流浪曲師・玉川奈々福《ななふく》さんの口演を聴きに来た。題して「奈々福、独演。浪曲師、銀座でうなる。銀座がうなる」。ふだんは浅草木馬亭《あさくさもくばてい》を根城に全国をとびまわる奈々福嬢、初の銀座、それも能楽堂の舞台に期するものありと、昨日は「創造の巻　創作浪曲ほとばしる！」、今日は「継承の巻　古典浪曲練る練る！」、創作と伝統の二本立てとした。

初めて入る銀座の能楽堂の、大屋根がかぶる鏡板の松を背にした本舞台は、能以外の上演（先日は立川志《たてかわし》の輔《すけ》の新春落語があった）は角の柱を一本はずして、囲むL字の席から見やすくし、すでに演台などが置かれている。

右奥の切戸口から奈々福嬢と相方・沢村豊子曲師登場。まずは銀座デビュー口上で、「浪曲はお初めての方に」と伝承芸としての浪曲を軽妙に解説して座をやわらげる。いっぱいの客は木馬亭の常連仲間らしき女性も多く、浅草では普段着だが、銀座ということでおめかしで来ているのがいい。

いったん退《さ》がり、ややあって「カン」と柝《き》が響くと、今度は左手橋懸かりから扇子を手に登場。ややしゃなりと進む梔子《くちなし》色着物の姿の良いこと、すかさず「待ってました！」の声が飛ぶ。曲師前奏をじっと溜《た》めて待ち、やがて一声放った節の朗々たる力強さ。

〽時は天保《てんぽう》十四年～（だったか）、演目「清水次郎長伝　お民の度胸」は金毘羅《こんぴら》代参を終えた森の石松が、生まれ故郷・遠州森町《えんしゅうもりまち》で都鳥《みやこどり》一家に斬られたのをかくまう小松村の七五郎の妻お民の、追手をあしらう度胸と啖呵《たんか》が聴き所。

初声から交互に進む節の名調子と啖呵の切れ味に満場はたちまち惹《ひ》きつけられ、「もとは大道芸、歩く人の足を止めさせなくてはいけない」浪曲の力技がありありだ。「浪曲はお客さんの熱気で調子にのるもの」、その熱気を存分に浴びた奈々福嬢は曲師の合いの手よろしく、いやがうえにも調子づき「日本一！」の声が飛ぶ。やっぱり浪曲っていいなあ。

中入りで映画監督・周防《すお》正行氏が登場。無声映画の活動弁士を描く新作『カツベン！』制作に口承芸を研究するうち浪曲にはまり、木馬亭通いですっかりファンになったという。先日のテレビ番組で奈々福嬢の「落語は涼しげな芸だが、浪曲は暑苦しいでしょ」に「ぐいぐい引き込んで最後はスカッとさせるのは映画も同じ」と答えていたのがうれしかった。番組で「ぜひ『シコふんじゃった。』を浪曲化させてください」とねだったところ、すぐに浪曲化するポイントのメモが届いたと披露して喝采がわく。

第二部はあでやかな黒振り袖に召し替えて、滅多にかけない名作「仙台の鬼夫婦」を格調たかく演じ、万雷の拍手が止《や》まなかった。

満足してロビーに出ると、もうサインの席に座られており、あわててCDを求めるがあっと言う間に売り切れ。ではと名入り手拭いを買い〈太田和彦様　玉川奈々福〉といただいた一筆はまことに達筆。宝物にしよう。

＊

せっかく銀座に来たからなにか食べてゆこう。どこもかしこもしゃれた店ばかりの銀座に数寄屋《すきや》通りの「泰明庵《たいめいあん》」は昔ながらの紺暖簾《のれん》、格子引戸の蕎麦《そば》屋風情で、銀座の会社員時代からなじみだ。

蕎麦は「もり」に限るの名人禁欲派をあざ笑うように、わかめ、納豆おろし、きつねとじなど種《たね》ものは山ほどあり、この季節の逸品〈せりカレーそば〉は今日も人気で注文が多い。いつかいただいた〈白菜そば〉もおいしかった。

そしてさらに（！）ほうぼう、穴子、ふきのとうなど得意の天ぷら各種はもちろん、鯛《たい》や平目の刺身、あん胆、白子、黒むつ煮魚、だし巻玉子など、壁を埋めつくして貼られた酒の肴《さかな》も完璧な〝銀座一の居酒屋〟でもあるのだ。

さて何にする。腹が減って丼ものにしたいが、寒いので熱い蕎麦で温まりたい。

「親子丼・たぬきそばセット」

女将が「あら今日は飲まないの？」という顔で笑う。それは飲みたいが、まだ夕方にもならないし。

ひなびた店内を引きしめる額の七言絶句は、ここに酒の配達に来ていた人の書で、白居易《はくきょい》は唐三大詩人の一人。

村夜　唐　白居易

霜草蒼蒼蟲切切
村南村北行人絶
獨出門前望野田

月明蕎麥花如雪

為　泰明庵　巨山

詩は月明かりに蕎麦の白い花が雪のようだと詠んでいる。今日の銀座は本物の雪が舞った。

湯気を上げて届いたたぬきそばをまずフーフーつるつる。次に親子丼をわしわしわし。合間においしいきゅうりぬか漬をぽりぽりぽり。ああ、いい一日でした。

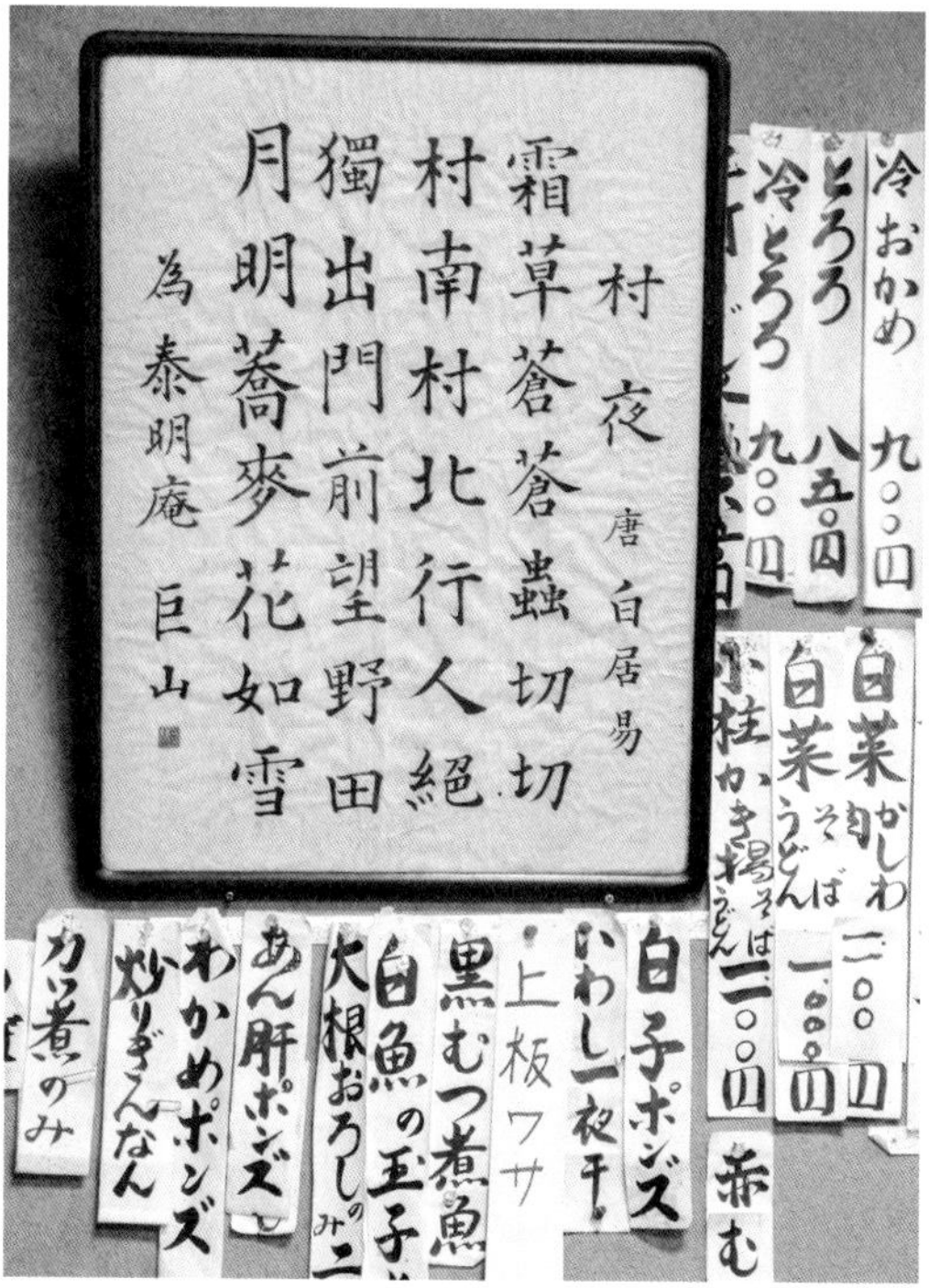
村夜　唐　白居易
霜草蒼蒼蟲切切
村南村北行人絶
獨出門前望野田
月明蕎麥花如雪
為泰明庵　巨山
冷おかめ　九〇〇円
とろろ　八五〇円
冷とろろ　九〇〇円
白菜そばうどん
小柱かき揚そばうどん
白子ポンズ
いわし一夜干
上板ワサ
黒むつ煮魚
白魚の玉子
大根おろしのみ
あん肝ポンズ
わかめポンズ
炒りぎんなん

みごとな七言絶句書額

中高年男のおしゃれ

本も雑誌も「中高年の生き方」ばかり。寿命が延びるのは結構だが、さてどうしていればよいか。枯れてくすんでしまわず、おしゃれしなさいと。そこで歳をとったら上等なものをちょっと派手に、と写真が載っているが、くたびれたお父《とっ》つぁんが、派手な柄もの上着や、似合わぬ帽子で悦に入ってるのは悲惨でしかない。

男六十歳も過ぎるとシワが寄り、髪は薄くなるのは仕方がない。しかし、映画や舞台の老練な名脇役の人間的な深みや、個性的な悪役の魅力は、ながい人生経験が作った風格、眼差《まなざ》しだ。

となればおしゃれはいらない。黒無地のハイネックセーターでいい。イブ・モンタンのステージ衣裳《いしょう》はつねに黒の長袖ポロシャツ、指揮者カラヤンのプライベートはいつも黒のハイネック。吉本隆明《たかあき》氏の黒ハイネックの写真は知性をさらに引き立てていた。没個性な服だからこそ、その人の人間性を最大限に見せる。一流スターは自分を表すために平凡な服しか着ないのはそのためで、まだ中身のない若者は服で個性を表すが、中高年はその必要はない。したがってユニクロで決まり。ただし同じものを五着買って着回す。

狙いは「知性的な大人に見える」こと。見えるだけで結構、見え方の話だ。オレの顔がと照れることはない。男の顔は履歴書、良い人生も悪い人生も、年齢を経た男の顔はみな味があると自信を持とう。逆によい歳をしてのっぺりと若者のような顔では、何も考えずに生きてきたと見られる。

それじゃツマランと言うなかれ。流行やブランドや個性的着こなしで「しゃれたもの着てますね」と言われるより「いい顔になってきましたね」と思われる方がよくはないか、その方が信頼される人ではないか。

女性はちがいます。女性は自分の魅力をさらに強調するべく苦心するもので、男はそれが楽しみです。しかるべき集まりに出かけたとき、男は自分と同じ服装の人がいるとほっとし、女は失敗したと思うという通りです。

また中高年男の真価は平凡でフォーマルな支度に表れる。退職後でも久しぶりに着たスーツが板につき、冠婚などのぴしりと決まった黒礼服を見て、ウチのお父さんまだ満更でもないわ、人前に出せるわ、と奥さんが見直す話もよく聞く。

色は黒のみ。濃紺はやや若く見える。茶色やベージュは厳禁で自ら枯木感を強調することはない。うるさい柄物は避け無地のみ。ジャンパー、ジーパンはお父つぁんには貧相。歳をとると首回りが淋《さび》しく、しゃれたつもりでスカーフを巻いたりするが似合う人を見たことがない。ソフト帽は老人に合うが、かなりハードルが高く似合うまで十年かかる。ファッション評論家の言う「自分が楽しければいいんです、冒険しましょう」は恥かきの第一歩です。

要は、おしゃれするな、服で目立とうとするな、個性を出そうとするな、です。おしゃれするなら着物に尽きる。粋な着流しこそ中高年は誰でも様になる。

家にいるときは何でもいいです、ジャージーのトレーナーがラクでいい。そういうものです。

＊

てなことを書いていたら昼食だ。ユニクロの袖をまくって台所へ。そろそろ牡蠣も終わり。〈牡蠣とニラ炒め〉でいくか。

牡蠣とニラ炒め、おいしいです

ニラ一束（一束です）を刻んでおき牡蠣を塩で水洗い、ペーパータオルで水分を抜いておく。フライパンに油をひいて刻みニンニクと鷹《たか》の爪を入れて熱し、頃合いで牡蠣を投入。やや焦げ目がつくまで焼いてから酒で湿気をつけ、ニラを入れ、艶が出てきたら「顆粒《かりゆう》中華スープのもと」を少し振ってできあがり。簡単です。

そういえば中高年の料理教室も盛んなのだそうだ。男生徒には二タイプあり一つは厳密派。先生が「二、三センチに切って」と言うと、二か三か悩み、物差しで二・五センチに切る。「醤油《しようゆ》少々」に「何ccですか？」と質問する。そういう仕事の仕方だったのだろう。

もう一つは適当派。男の料理は豪快とばかり乱暴を気取って、やたらと酒を使いたがり、思いつきで何か入れてこれが意外とうまいんだとか言う。男のプロ調理人はそんなことはしない。

私ですか？　私は十八歳のときから一人暮らしの自炊歴五十余年。勘所はわかっている。しかし家ではしない。家の台所は妻の聖域で料理はさせてもらえない。よって私の腕前も知らないだろう。

さあ食べよう。白皿に牡蠣の白とニラの緑が美しく、コンソメスープをつけてわしわしわし。ああうまかったと台所に下げ、もうひと仕事と机に戻るのでした。

春はそこまで

毎年今頃の季節になると、繰りかえし聴くCDがある。『ベートーヴェン　ヴァイオリン・ソナタ第5番〈春〉／演奏＝ギドン・クレーメル（ヴァイオリン）＋マルタ・アルゲリッチ（ピアノ）』、一九八七年の録音だ。

隣の部屋で演奏が始まったような小さな音はすぐ春の扉を開いたように快適になり、澄んだヴァイオリン、ピアノが軽快に響いてゆく。瑞々《みずみず》しい長調の旋律は、羽ばたいた小鳥が爽やかな空を自在に舞うようで、標題〈春〉がまことにふさわしく、ベートーヴェンの明るいロマンチシズムが躍動する。

——三月に入ってまだ寒いが、今日は小雨が仕事場テラスの鉢植えの緑葉を濡《ぬ》らし、命をよみがえらすようだ。外出するには寒い日に、それでも外の光に暖かさを感じると、静かな室内でこの曲を聴くのが恒例になった。

　ヴァイオリン、ピアノが互いに後を追ったり追いかけられたり、からみあって戯れるような第一楽章アレグロが終わると一転、しっとりと遅いアダージョに変わり、ヴァイオリンが春の希望のような旋律を流麗に弾き始め、うなずくようにピアノが応え、今度はピアノが同じ旋律を奏でると、攻守交替でヴァイオリンが寄り添うのは、小枝に羽を休めた二羽が、愛の言葉を交換しているようだ。

　――何をするでもない午後の一人の時間に、音楽を聴くほどふさわしいものはない。本や映画とちがい、音楽には思考がいらないから純粋に美を満喫できる。本は読み返しても三、四回だが、好きな音楽は何度聴いたかわからなく、飽きない。交響曲など雄大なものは曲の先が読めてしまう「耳タコ（聴き飽き）」を恐れて、あまり何度も聴かないようにするが、室内楽は歌と同じで、演奏の艶を楽しむため耳タコにはならない。

　一瞬気分転換というような、ほんの短い第三楽章スケルツォを挟んだ後の第四楽章ロンドは、艶やかなヴァイオリン、軽快なピアノが全開。一連の旋律の前半後半を自在に交替し、異なる旋律を時に高らかに、時にうなずくようにぶつけ、また静ならば静、動ならば動、と息遣いを合わせ、ヴァイオリンはからめ手からピチカー

木瓜の花も咲いて、春きたる

トでアクセントをつける。二つの楽器は全く対等に、ここは私が歌うわよ、今度はオレだ、ここは一緒に鳴らしましょう、ここは小さくね、そうそう、というように、クレーメルとアルゲリッチ、演奏者がこれほど互いの心を読み合えるのは感嘆するばかりだ。このCDはいつ買ったのか忘れたが名演として名高いそうだ。

心を羽ばたかせる春。この曲とともに春が来た。

＊

じつは一週間ほど前、仕事場の椅子から落ちて肋骨《ろっこつ》にヒビが入り、そろりそろり歩きの安静の身となってしまった。手帳は観るべき映画で連日埋まっているが、これでは出かけられない。ラピュタ阿佐ケ谷《あさがや》の岸恵子《けいこ》特集で観るつもりでいた『雪国』（一九五七年／原作：川端康成／監督：豊田四郎）はテレビ放映の録画があり、そちらで観よう。

――妻子ある東京の画家・島村（池部良）は冬の雪国の温泉場で芸者・駒子（岸恵子）とよい仲になり、毎冬通うようになる。駒子の定められた相手は闘病中で、彼に好意を持つ駒子の義妹の葉子（八千草薫）が看病し、姉にあなたは不実と迫る。一年後男は亡くなる。翌年、葉子は火事で顔に大火傷《おおやけど》を受ける。駒子は島村をあきらめ、島村も自分はここに来ないほうがよいと去る。

どこか冷静な池部、若い感情を抑えきれない岸、一途《いちず》さが怖い八千草とこれ以上ない適役。刻々と変化する岸の演技はすばらしく、雪深い温泉場の夜景などとても美しい。しかし次第に、駒子はいい女なのに島村は勝手な男だと気持ちが離れ、後半は飽きて二時間余は長すぎた。

俳優も撮影も皆良いのに飽きるのは、演技を外面的に写しているだけで、心の推移を追うサスペンスや、言葉にしない情感や、観る側の気持ちを託す心象風景などの映画的話術がないからだ。

監督：豊田四郎は『雁《がん》』（森鷗外《おうがい》）、『或《あ》る女』（有島武郎《たけお》）、『夫婦善哉《めおとぜんざい》』（織田作之助）、『猫と庄造と二人のをんな』（谷崎潤一郎）、『暗夜行路』（志賀直哉）、『珍品堂主人』（井伏鱒二《ますじ》）、『濹東綺譚《ぼくとうきだん》』（永井荷風）、『憂愁平野』（井上靖）、など有名文学を片端から映画化した。しかし原作が名作なら映画も良くなるわけではなく、文学の映画化はむずかしい。『雪国』は一九六五年／監督：大庭《おおば》秀雄／出演：木村功《いさお》・岩下志麻・加賀まりこで再映画化されている。大庭の『帰郷』（大佛《おさらぎ》次郎／一九五〇年）は良かった。こちらはどうだろう。

雪国風景は堪能した。冬よさらば。春はそこまで来ている。

どん底会

五十代のころ山形にある東北芸術工科大学で八年間グラフィックデザインを教えていた。要請があったとき現場しか知らない自分は不適格と思ったが、企業のデザイン部（資生堂）を経て独立、個人デザイン事務所をやっている経験を教えてほしいと言われ、それならできるかと引き受けた。

そのとき思い出したのは私が大学で受けた授業だった。兄は東京藝大をめざして二浪中で、父の意見に従い私は藝大をあきらめ他校を受験して合格。しかしそこの授業レベルはとても低く、藝大合格した兄を横目にこのままではだめだという焦りは自学しかなかった。その苦い経験から徹底して学生の役に立つ授業をしてみようと考えた。

どん底会の面々

通い始めて一年たつと学生のレベルも、必要な技術もわかった。美大の最高峰は東京藝大で、才能も自覚もある学生は放っておいても作家をめざし、教授は批評をしていれば良さそうだったが、田舎の大学はそうではなく、デザイナーになってみたいくらいのレベルだ。中にはなんでこの学科に来たのかという子もいる。

私は卒業したら全員が「デザインで飯が食える技術者」にしようとした。作家資質のある子は自然に見えてくる、そうなれば個人指導をすればよい。

普通は基礎をみっちりやってから作品に入るが、その逆にまず作品を作らせた。『不思議の国のアリス』を読ませてその装丁をする。入れる文字も決める。「モーツァルト、ジャズ、ビートルズ」を聴かせてそれぞれのCDジャケットを作りケースに入れて提出する」。提出まで一週間、時間はかけさせない。提出作はすべて並べ、全員で投票し、ベスト3には簡単な景品を出す。そのあとみっちり講評する。

野球と同じで、まず試合をしてみれば、守備も打力も走塁も判断もすべて必要なことがわかる。そうなれば日々の基礎ランニングも真剣になる。まず作品を作ってみれば、発想も定着もカラーリングもタイポグラフィも、足りないものがすぐわかる。同一課題でこれほどのバリエーションができることも、明らかに自作より魅力のある作品も知る。

この方法は商業主義、もっと自由にと批判もされたが、目的のないデザインはない。制約があるから自由になる部分に気づく。そもそも商業主義でやる仕事だ。技術が身につけば創作が面白くなる。学生は答えを出すデザインに熱中し、深夜まで教室にいて私もつきあった。

学生の腕が上がってくると本質を話せる。「デザインで大切なのは大衆に好かれること、ただし大衆に迎合したものは必ず足元を見られる。その境界を正確に読むのがプロ。答えは〈憧れ〉にある」は資生堂でみっちり仕込まれた。

実作に入る初日に学生にまず「デザインで大切なことは何か」と聞くと「新しさ、個性」などの返事がくる。「そうではない、締め切りと寸法」と答えるとつまらなそうな顔をするが、入稿が遅れたらその後の工程が止まる、寸法を間違えたら話にならない。プロでは当たり前のこと「遅れたら受け取らない」を徹底した。今でも「デザインで大切なことは?」「締め切りと寸法!」は太田ゼミの合言葉だ（笑）。

授業とはべつに熱心にやったのは飲み会だ。若いときに夜を徹して語り合い、一生の友をつくるのはとても大切だ。学生は金がないから費用はこちら持ち。懇意にした居酒屋に話をつけて酒は持ち込みにさせてもらい、初めに焼きうどんなど腹にたまるものをとるのがコツだ。

最も大切なのは何でも話すこと。こちらもぐいぐい飲みながら失敗談や悩みを聞き、授業は理解されているかを探る。翌日はみな晴ればれと教室にやってきた。

＊

先生、はやいですね！ 集まってきたのは太田ゼミOBの「どん底会」だ。戦後開店した新宿のスペイン酒場「どん底」は、演劇人や作家のたまり場となり三島由紀夫も通い、角野卓造さんはバイトした。なじみの私は毎年いただく〈持参の方三割引き年賀状〉を使ってここで集まる。

「何にする？」「ドンカク」「わたし生」「ピザ、パスタも」。ためらわず注文が飛ぶのは何度も続けた飲み会の成果。卒業後ある一人に「先生に教わって最も役にたったのは飲み会です」と言われてフクザツな気持ちになったのだが。

でも幸い皆デザインの仕事をしている。昨秋結婚したI嬢に質問集中。聞いていたK「先生、わたしも結婚したい」「へえ、いくつ？」「こんどで三十九」。もうそんなになるのか。リーダー格のSが「念願の松本修学旅行は五月、キャンプは秋」とてきぱき。

松本か、飲み会はあそこだなと思案をめぐらすのでした。

春、来たる

朝、仕事場に行く途中の幼稚園に「第72回保育終了式式場」の筆字看板が立ち、両親と子供が順番に写真を撮っている。

終えたら出勤らしい若いお父さんはスーツ、お母さんもフォーマルながらやや華やかに。場所柄か欧米人のお父さんもいる。もっとうれしそうなのは付き添ってきた祖父と豪華な着物の祖母で、満面の笑みで孫と立つ。お孫さんも四月は入学式、さらに感慨深いだろう。良いものを見た。

脇道に入った一軒のお宅の椿《つばき》は、同じ木が枝分かれして白と赤の両方が咲き、白には赤い斑が差し、桃色に赤斑の大輪もあってじつに見事。昨年も見て、もし庭があったらこれを植えたいなあと思ったものだった。

ようやく春が来た。空の青が濃い。

今日は、着る時を待っていた、少し前に神戸の古着屋で買った深緑色の長いコートだ。裏地もないのは工場立ち仕事の作業着らしく、厚手のごわごわ生地は男心をくすぐる。すぐ着脱できるよう、前打ち合わせはボタンではなくマジックテープ留め。実用本位の蓋なし縫い付けポケット。コートには珍しい胸ポケットは筆記具用か。襟裏の大きな吊りフックは脱いだらそのまま引っ懸けておける。製品ラベルの〈DE ZUL BEDRUVEN 100%KATOEN〉はオランダ語か。このコートはオランダで誰かが着て、神戸に到来、いま東京で私が着ている。

＊

そうして颯爽《さつそう》と（？）やって来たのは銀座。春になると銀座に来たくなる。まずは昼飯。銀座の会社員時代によく来た八丁目の中華「維新號《いしんごう》」へ。地下に降りた店内は何も変わらず、昼前すでに御婦人連や早昼の会社員が席に。さて何にする。昔二日酔い覚ましによく注文したこれを久しぶりに。

「セロリそば、それと肉まん」

「かしこまりました」

当時は見もしなかった品書きの前説によると、維新號は明治三十二年、神田《かんだ》に創業。屋号は当時の神田に住んでいた清《しん》国からの留学生たちが、日本の明治維新の成功と発展を見て、創業者とともに中国近代化の願いをこめて命名。日本留学中の周恩来《しゅうおんらい》や蔣介石《しょうかいせき》も来店、文学者・魯迅《ろじん》も日本留学の思い出に書いているとある。

当店名物、干し貝柱を使う饅頭《まんじゅう》は大きく、これとスープの定食もある。〈肉饅〉は〝うす味なのにこくがある〟という通り、ふかふかと温かく幸せ感たっぷりだ。

「お待たせしました」

あっさり塩味の〈芹菜湯麺／セロリつゆそば〉は細麺がおいしく、食べても食べても湧いてくるセロリが魅力。最後のスープ一滴までいただいて後の、デザートにつくライチ二個も昔のままでうれしい。

客は増え、「一人」と黙って一本指を出す常連や、まだ昼なのに着物にきりりと髪を結い上げたどこぞの若女将も。やっぱり銀座はいいなあ。次回は緑のご飯に赤い海老《えび》がのる〈苔條蝦仁炒飯／青海苔チャーハン〉か〈什錦砂鍋湯麺／鍋煮込みそば〉にしよう。

終えて数寄屋橋。ランドマークだったソニービルは再建までの空き地を木床フローリングのテラスにして、隣のＨＥＲＭＥＳビルの全壁総ガラスブロックの壮大な全貌も、その高い頂上にのせた旗を掲げる騎馬像もよく見える。思えば五十年以上前、私が銀座に勤め始めた頃にソニービルが完成、半地下の日本最初の本格パブ「パブ・カーディナル」にはよく通った。

信号を渡ると「美《ちゅ》ら海を守れ　辺野古《へのこ》基地建設反対」と、沖縄から上京したらしき女性たちが現状の非道を切々とマイクで訴え、心ある通行人が大勢立ち止まり私も署名に加わる。安倍のバカ、銀座に来てこの声を聞け。

向かっているのは角川シネマ有楽町《ゆうらくちょう》で開催中の「京マチ子映画祭」、今日は『浅草の夜』（一九五四年／監督：島耕二）。

——浅草の踊り子・京マチ子は気が強く、恋人の座付作者・鶴田浩二とつい口げんかになる。京の妹・若尾文子《あやこ》は画家志望の青年・根上淳と結婚したいが姉は猛反対だ。不憫《ふびん》に思った鶴田が京に問いただすと、姉妹の実父・滝沢修は今は高名な画家だが、売れない時代に妻を亡くし、子二人を養子に出した。養子先の育ての親はよくしてくれたが困窮のまま死に、姉妹は人情厚い浅草に流れ着いてようやく育った。京は実父への恨みを忘れないが妹は何も知らない。妹の恋人は実父のその後の養子だった——。

昭和二十九年、白黒画面の浅草ロケは、隅田川《すみだがわ》沿いの橋や神社、賑《にぎ》わう六区映画街、飲み屋通りを存分に見せ、古い映画の良さはここにある。この頃の鶴田は、後

「維新號」のセロリそば

年のやくざ映画の硬派とはちがう情味あるやさ男。それでも最後はきっぱりと男らしさをみせる。

春の銀座の一日はよかった。また来よう。

上野でアート

観なければと思っているうちに終わってしまった展覧会ばかりなのを後悔し、会期わずかの上野の都美術館「奇想の系譜展」に出かけた。

混んでいたが予想通り。並ぶ列についてまずは伊藤若冲《じゃくちゅう》の十八番、鳥の「旭日《きょくじつ》鳳凰《ほうおう》図」「紫陽花《あじさい》双鶏《そうけい》図」「白梅《はくばい》錦鶏《きんけい》図」を。ガラスに鼻をくっつけるように観る細部の、様式化した反復による羽の柄の細密、鮮烈な色彩に目を見張る。あしらう草花や岩も全く緊密に隙がなく、圧倒する豪奢絢爛《ごうしゃけんらん》をいつまでも観ていたいがじりじりと押されて進むのは仕方がない。一方、相当離れて見ないと全容がつかめない六曲一双計七メートルもある「象と鯨図屏風《びょうぶ》」は、シンプルな巨大さが痛快だ。

列が最も渋滞して進まないのは曾《そ》我蕭白《がしょうはく》、畢生《ひっせい》の大作「群仙図屏風」だ。跳ね、渦巻など筆勢のある墨画を背景に人物の衣裳の白、赤、紺、黄が鮮やかだ。仙女は美しいが、巨大なガマを背に仙女に耳垢《みみあか》をとらせる腹の膨らんだ奇怪な老仙人。盥《たらい》から鯉《こい》を取り上げる蓬髪《ほうはつ》の怪人。童子を従え一人を抱く老人。いずれも不気味な笑みが怖く、鳥獣も配した狂躁《きょうそう》怪奇大胆な主題を、極限まで細密に描ききっている画力に驚嘆する。

食いちぎった文《ふみ》に笑みを浮かべ裸足《はだし》で野をゆく狂女の、鮮やかな水色着物の裾が割れ赤い蹴出《けだ》しがのぞく〈美人図〉の凄艶。

日本美術史を編み直す若冲、蕭白ら「奇想の系譜」は、ずいぶん昔に読んだ辻惟《つじのぶ》雄《お》氏の著作で知り、京都・細見《ほそみ》美術館で観て衝撃を受け、精神的、禁欲的、求道、清浄、余白の美、などの日本美術のイメージをあざ笑うように変えた。日本の画家の力はそんな淡泊なものではなく、大胆な空想を定着させる精密描写による絵画的完成は世界一ではないだろうか。鶏一羽をこれほどまでに様式化した絵画はどこにもないだろう。

長沢芦雪《ろせつ》「牡丹孔雀《ぼたんくじやく》図屏風」は愛誦《あいしょう》する伊良子清白《いらこせいはく》の長詩「夏日孔雀賦《ふ》」の一節〈見よ君來《きた》れ雄《お》の孔雀　尾羽《おば》擴《ひろ》ぐるよあなや今　あな擴げたりこと〳〵く　こゝろ籠めたる武士《もののふ》の　晴《はれ》の鎧《よろい》に似たるかな〉を思い出させる。

通りの脇の展覧が上野らしい

岩佐又兵衛の長尺な巻物の映画場面を追うような精密な構成。世のあらゆる動物、鳥を描きだす鈴木其一《きいつ》「百鳥百獣図」の生類観察の細やかさ。狩野山雪《かのうさんせつ》の一四メートルの大作、蓮葉《はすは》に盃をのせ流水に浮かべて詩を詠む「蘭亭《らんてい》曲水図屏風」の洗練にため息をつくばかりだ。本物はすばらしい。

美術好きでデザイナーになった私は、若い頃は現代美術に影響されたが、観念的で絵画力のない作品はすっかり飽きて今やバカにしている。絵画は「描写力」に尽きる。マチスを見よ、ダリを見よ、若冲、蕭白、其一、会田誠を見よ。「群仙図屏風」にしても必ず故実の裏打ちがあるのが東洋画の面白さで、購入したずしりと重い図録でそれをじっくり読もう。

＊

上野公園は桜が満開だ。若い人の大道芸に人だかりができ、子供の歓声がする。動物園は行列で「ただいま混雑しております」のアナウンスが。四月新学期を前に子供たちの休日だ。

公園にある西洋美術館「ル・コルビュジエ展」は五月十九日まで。向かい側、コルビュジエの弟子・前川國男《くにお》の設計による東京文化会館は、五十年以上も昔の高校生のとき、美術部「アカシア会」の友人と二人で松本から汽車に乗って見に来て、ひがな一日外をうろうろ「すげえな」と感嘆したことがあった。その友人は京大工学部に進み建築家になり、数学的な頭のない私はグラフィックデザイナーに。

その文化会館の外に「音楽と舞踏　ストラヴィンスキーとバレエ・リュス」としてバレエダンサーの白黒写真パネルが十数点並ぶ。二十世紀初頭、ストラヴィンスキー作曲「春の祭典」を、ディアギレフがバレエ・リュス（ロシア・バレエ団）を率いて上演した舞台は、強烈なリズムの繰り返しでオペラとバレエを融合させ新しい世界を開いた。写真に残されたダンサーの衣裳はそれまでの清楚《せいそ》とちがい、中近東や南方の民族衣裳を思わせ、仮面をつけたピエロなどもとても興味深い。

上野公園はアートの広場。都美術館の次回は「クリムト展」。来年（二〇二〇年）一月からの「ハマスホイとデンマーク絵画」は、静まり返った室内の静謐《せいひつ》な光が、一昨年ウィーンで観て心奪われた作風に似て観てみたい。

西洋美術館は六月から「開館60周年記念　松方コレクション展」でバラエティ豊かな楽しみがある。一方、どきりとする裸美女の絵がポスターの「藝大コレクション展２０１９」も近くの藝大美術館で四月に始まる。最近は名も知らぬ作家の絵がおもしろくなってきた。次はこれだな。

上野でとんかつ

上野の都美術館で展覧会を観た帰りはとんかつだ。

上野といえばとんかつ。御三家「ぽん多《た》」「蓬萊屋《ほうらいや》」「双葉《ふたば》」のうち双葉は閉店、今日は「ぽん多本家」に入ろう。

創業明治三十八年の四代目。小さな唐獅子《からじし》が支える「ぽん多」看板の下は大きな木戸が閉まり、夕方四時半の開店にすでに外に客が並ぶ。一人の私は入ってすぐの四席のカウンターへ、皆様はお二階へ。

では品書き。ここはとんかつでなく〈カツレツ〉、初代がミラノ風カツレツを参考に考案したそうだ。そのカツレツ二七〇〇円に、ご飯・赤だし・おしんこ五四〇円をつけて注文。待つことしばし。

「ぽん多本家」のカツレツ

余計な飾りのない規矩《きく》正しい木の店内は、東京老舗らしくきりりと清潔だ。目前の調理場に立つ白衣の男三人は注文確認以外に口をきかず、黙々と仕事をこなす。目前鍋前で揚げる人は、戦後の東宝第一期ニューフェイスで入り、今井正監督『青い山脈』で、二枚目・池部良を相手にヌーボーとした知的な旧制高校生を演じて評判をよんだ伊豆肇《はじめ》によく似る。

――昭和十二年の映画『花籠の歌』（監督：五所《ごしょ》平之助）の、銀座裏のとんかつ「港屋」は、欧州航路帰りの親父（河村黎吉《れいきち》）の味で繁盛している。常連がのんき大学生の佐野周二と笠智衆《りゅうちしゅう》、丸まげの可愛い看板娘（田中絹代）は佐野に気がある。佐野は大学を出ても銀座を離れたくなく、親父に見込まれてとんかつ屋を継ぐと決め、娘の恋心は実をむすぶ。見習い調理に立ったが腕利きコックが去って客足が減りキャベツも余ってしょげる佐野に、親父は「大丈夫、東京オリンピックはすき焼きで儲《もう》けるぞ」と笑い飛ばす。それは昭和十五年に予定され中止になった幻の大会だ。来年も東京オリンピックだなあ。

「おまちどおさま」

届いたカツレツは大皿に黄金色淡く、こんもり高い刻みキャベツは極細の繊切りで頂上にパセリみじんが色を添える。

さくり。

上等な天ぷらのような軽い衣、厚い豚肉はすっと歯が入り脂気はほとんどなく、高級ロースの芯のところを厳選して使うそうだ。二口めからかけたソースは、濃いウスターとはちがう醤油のような切れ味で、天ぷら天つゆのようにおいしい。茹《ゆ》でじゃがを揚げた小さな一個がカツに添えられる。

私の住む目黒《めぐろ》も「とんき」「すずき」（私はすずき派）などとんかつ屋が多いが、揚げ色濃い学生とんかつ。こちらは上野の芸者さんでも食べられる上品なとんかつだ。昔の映画のとんかつ屋は一杯やる所で当店も酒もあり、ここなら女性も誘える。普通の茶碗《ちゃわん》一杯のご飯量がちょうどよく、さくさくと食べ切った。

どうして上野にとんかつ屋が多いのだろう。私のひいき監督・川島雄三の『喜劇とんかつ一代』（昭和三十八年）は、上野「井泉《いせん》」をモデルにしたという。

――森繁久彌《もりしげひさや》は上野のフランス料理「青竜軒」で腕を知られていたがとんかつ屋に転身する。その訳はコック長・加東大介が自分の息子に跡を継がせたいのを察して身を引いたのだった。愛妻・淡島千景《ちかげ》の接客で店は繁盛。森繁が鍋前で、とんかつは庶民のものと歌う「と～んかつは～」の主題歌がよかった。ぽん多主人も名門・山の上ホテルで修業を終えて今の店を継いだそうだ。ごちそうさま、おいしかったです。

＊

帰ると、川島のもう一本のとんかつ映画『とんかつ大将』（昭和二十七年）を観たくなった。

――とんかつ好きで「とんかつ大将」と呼ばれる佐野周二は、大臣の息子の身分を隠して浅草の長屋に住む青年医師。大病院建設で立ち退きを迫られる長屋のために立ち上がる。彼の相棒でしがない辻《つじ》ヴァイオリン弾きの三井弘次は、居酒屋の女将・角梨枝子《すみりえこ》に惚《ほ》れて「四十の初恋だ、つらいなあ」と言いだせない。佐野は彼女の店で「あいつはいい奴《やつ》だ」と奨めるが角は「わたしは先生が」とすがり、小便に出た外で聞いていた三井は天を仰いでその場を去る（この三井弘次が絶品。私は役名・町田吟月を借りて小説『居酒屋吟月の物語』を書いた）。

美人院長・津島恵子は建設反対の佐野に次第に惹かれてゆき、角とライバルになる。庶民派としては角を応援したいが、そうならないのが通俗映画の良いところ。二人を見た角は身を引く決心をし、ラスト、美人院長の車で去る佐野に、恋をあきらめて渡すお土産が「とんかつ」なのが泣かせる。

川島雄三はとんかつが好きだったのだろうか。庶民のごちそうの代表格は映画のタイトルに収まりやすかったのかもしれない。

小学生のとき、運動会に母がつくってくれた弁当がとんかつだったうれしさを忘れない。

書の魅力

小連載の数回前、銀座の蕎麦屋にある書額の写真を載せたところ、「教養を感じさせる名筆」と感想をいただいた。たしかにその通りだ。デザイナーの私は活字が好きだが、いつからか墨書にも興味がわいてきた。絵にくらべて書は高潔な精神性が魅力だ。

アルファベットは表音文字で「A」に意味はないが、表意文字の漢字「鋭」には意味がある。新元号「令和」に関心が集まるのはまさにその表意ゆえだ。またアルファベットは筆でなくペンで書くため強弱や勢いはなく、流麗な装飾筆跡の「カリグラフィ」はあるけれど一筆勝負の個性はない。西洋に専門書家はおらず、「書道」と「道」をつけて、字を書くことを修養に導くのも東洋的だ。また部屋に「字を飾る」のも。

　私の好きなのは漢字の楷書《かいしょ》だ。随分昔、銀座鳩居堂《きゅうきょどう》で唐代の名筆碑文を集めた「書道技法講座」（二玄社）楷書の部から買い求めた『虞世南《ぐせいなん》　孔子廟堂碑《こうしびょうどうひ》』『褚遂良《ちょすいりょう》　孟法師碑《もうほうしひ》』『欧陽詢《おうようじゅん》　九成宮醴泉銘《きゅうせいきゅうれいせんめい》』『顔真卿《がんしんけい》　多宝塔碑』の四冊は、習字手本なので一字が天地一〇センチと大きく、漢字の美しさに魅せられた。

　楷書の特徴として、〈点画や形が平明である〉〈力の均衡によりまとめられている〉〈整った美しさをもち構造的である〉と挙げる。〈初唐の三大家によって代表される諸碑は、みな楷書特有の力の均衡を極度に発揮して、その建築性を確立した。あまりにも厳粛にすぎて心づらい感を与えるほど、ギリギリの線まで完成度が高められ、完璧な典型がみごとに打ちたてられた。虞世南、欧陽詢、褚遂良はその例である〉（文・天石東村《あまいしとうそん》）

　私の最も好きな虞世南は、抑揚の少ないゆったりとした運筆の温雅な風格がすばらしい。欧陽詢、しばし鋭角を多用し、剣を振るように迷いがない。褚遂良は、かなり遅いであろう筆運びに叙情がある。やや時代の下る顔真卿は一点一画にはらむ気迫に凄《すご》みがある。

　いずれも点画の構築が含む空間が豊かで、ただ一字なのに世界がある。書は人なり。全く崩さない端正な書にもくっきりと書き手の人間が感じられ、いつまで見ても飽きない。文字というものは、たとえ崩しても、丁寧にきちんと書くものであると知った。また日本の教育活字は、欧陽詢・褚遂良の字をミックスして作ったと雑誌で読み、なるほどと思った。一方書道展などに見られる、豪放というか、やたら勢いまかせの荒っぽい書は、私には全くつまらなく、もっと文字を大切にしたらどうだと言いたくなる。これは別世界なのだろうか。

＊

　ある日、武蔵小山《むさしこやま》のアーケード商店街の小さな書道教室らしきに、子供の習字が張ってあるのに目が留まった。

「早春」「弓矢」「ハナ」「満天の星」。「音」の一字は小学二年生でコーンと響くような音色を感じる。「独立宣言」は本人の気概を表すように堂々として筆のはねに勢いがある。「稗田阿礼《ひえだのあれ》」は『古事記』の編纂《へんさん》に関わった人で、面白い言葉を選んだものだ。「漁夫の利」も、これを大きく書くかと笑ってしまう大らかさがいい。私だったら「節酒」と書いて張るか、いや失礼。

　白い紙に向かい、無心でゆっくり丁寧に筆を運んだ子供の字のすばらしさ。お手本があるのだろうが、その通りに書こうとしてもそうもならないあたりの危うさが

邪心なき子供の書のすばらしさ

良さか。しかし「満天の星」の「満」のバランスの良さ、「弓矢」の「弓」の力を溜めた張り。

諸外国に「習字＝心を統一して字を書く」という習慣はあるのだろうか。日本人が年の初めに「書き初め」をするのは、それだけ字を書くことを神聖視する表れだ。かつて私も書き、皆と並んで教室に張り出された。あれが残っていればなあ。パソコン全盛の時代に子供に字を書かせるのはとても良いことと思う。

私の母は子供が手を離れてから書道を始め、よく稽古していた。その書は万葉仮名で全く読めず、流麗な筆致を眺めるだけで、もちろん良さもわからず、感想を言えなかったのは申し訳なかった。

ある年の毎日書道展に入選し、帝国ホテルで行われた表彰懇親会に父と上京して出席。その送迎をして記念写真を撮ったのが良い思い出だ。父母と金沢に旅行したとき、寝そべった子が座る犬と向かい合う人形がついた鉄の文鎮を土産に買うと、喜んで使ってくれていた。母はすでに亡く、その文鎮は私が使っている。

残された母の書、若山牧水の歌「白鳥はかなしからずや空の青　海のあをにも染まずただよふ」の表装軸は、ながく私の仕事場に掛けられていた。母の字が自分を落ち着かせてくれていたのだ。

書、あれこれ

書のことをもう一度。日本字ほど、同じ字でも個性が千差万別になる文字は世界にないのではないか。

作家の原稿は読めなければ意味がないのできちんと書かれるが、そこに自《おの》ずと個性が表れる。三島由紀夫は原稿用紙枡目《ますめ》にお手本のようなきれいな字が端正におさまって清書され、書き損じは全くない。ひきかえ谷崎潤一郎の黒々とした筆太の字は熱量がこもり、べったりと黒で消したところは何が書かれていたか気になる。川端康成は文人の書を集め自らも揮毫《きごう》をよくし、一字一字を確かめるような書き方はこれぞ文学。井上ひさしは権威を感じさせない丸っこい字。編集者泣かせの悪筆代表は石原慎太郎だそうだ。西洋はタイプライターで書き、直筆はサインくらいらしい。日本も今はパソコン書きで作家の字を見る楽しみはなくなった。私もパソコンだが。

味のあるくせ字も良いもので、装丁家・佐野繁次郎《しげじろう》の独特の書き字は多くの作家に好まれ、銀座のタウン誌『銀座百点』の題字は今も使われている。私の本を装丁してくれているデザイナーは、ある一冊の書名を手書きと決め、特徴を出すよう左手で書く、裏返しに書くなど苦労したそうだ。書きませんかと言われたが自分で書いたんでは鼻持ちならない。

逆にデザイナーとして書き字を使うときは神経を遣う。昔ある酒蔵の日本酒ラベルを頼まれ、酒名は墨書と決め、製品に自信を持ってもらうには書家に頼むよりは社長さんの直筆が良いと考えた。

しかしその方が能筆とは限らず、書いてもらって不採用にはできない。蔵を訪ねて事務所でお話を伺っているとき、額に飾る表彰状らしきは社長さんの筆とわかりこれならと思った。要は品格だ。そこからが難しい。どの太さの筆で、このくらいの大きさに書いてくれと指定し、届いた三十枚ほどは帯に短し襷《たすき》に……。

酒名二字の組み合わせ、偏や旁《つくり》も合成してようやくできた。書家の作に修正はできないが、こちらはデザインの要素だ。完成したラベルはたいへん喜ばれ「自分の

今井凌雪書「太田和彦」は家宝

書いた字だから責任持たなきゃ」と言われてうれしかった。

新開店する居酒屋の平仮名三文字のロゴを頼まれ、年賀状など手紙のやりとりのある鳥取の女性の流麗清雅な字にいつも感心していたので、その手紙から三字を抜き出して組んだこともあった。

＊

三十年余り前のこと。テレビ朝日の番組「愛川欽也の探検レストラン」で、中央線・小淵沢《こぶちざわ》駅にある小さな駅弁屋に名物駅弁を作って売り出すドキュメント企画が立ち上がった。その後はやったメイキングものの走りだ。駅が関東関西の中間にあることにちなみ中身は二段弁当として、一の重・京都「菊乃井《きくのい》」、二の重・東京「吉左右《きっそう》」の東西名割烹にお願い。経木箱の懸け紙を私がデザインするとなった。

張り切ってラフをおこし、懇意のイラストレーター・安西水丸《みずまる》さんに八ケ岳《やつがたけ》を入れた絵を発注。弁当名「元気甲斐《げんきかい》」の字を、そのころ黒澤《くろさわ》明監督の映画『乱』のタイトル字を書いた人にお願いしたいと提案した。ところがその方は日本書壇の重鎮・今井凌雪《りょうせつ》氏とわかり、さすが黒澤、あまりの大物にひるんだが、プロデューサーは臆せず依頼し、なんと御承諾を得た。

奈良のお宅を衣服を正して訪ね、先生は目の前で縦六〇センチほどの料紙に筆をとり、二枚書いて眺め、こちらが良いだろうと決め、撮影を終えた。

当時私はまだ資生堂に勤めるデザイナーで、「書」というものはどう書くのか伺ってみるよい機会と思って来た。

臨書にあたっては前日にその言葉をメモ書きして気持ちを入れておき、いざ筆を手にしたら、初めは勢いよく、次第に速度を落とし、最後は慎重に整えて終える、とのお話はいま見た通りだ。書にもそれが表れている。

さらに全く余計ごとながら、私の勤める資生堂には独自の書体があると、持参した教本を開き、資生堂書体は上下を四対六ほどの腰高に書くことで気品を出すと付け加えると、デザイン文字の話題は珍しいのか興味を示される。

調子に乗った私は帰り際に「恐れながら」と料紙に「太田和彦」と大書していただいた。若気の至りとはいえ、何と無礼なことをしたのだろう。今や大反省しているが、覇気のある運筆はすばらしく、額装して家宝となった。

それやこれやでできた駅弁は大評判、駅弁「丸政《まるまさ》」のメイン商品として今も売られ続け、目的は達した。割り箸袋に「元気甲斐」の書をデザインした大看板は、今も小淵沢駅の北側に列車から見える。

落語、美術、映画

五月の大連休。風さわやかに、樹々《きぎ》の新緑みずみずしく、人も車も減って、都会がいちばん魅力的になるときに東京を離れる手はない。

空《す》いている電車で行った午後の国立演芸場は「古今亭《ここんてい》志ん輔の会」。師匠とは古くから俳句会の仲間だ。開演前に一階の演芸資料展示室をのぞくと、昭和五十四年四月公演の古いポスターに「花形新人演芸会」落語・古今亭朝太《ちょうた》の名がある。まだ二つ目の頃で、師匠の俳号は今も「丁多」だ。

〈喜色是人生〉の額があがる高座に客は満員。江戸っ子は連休に旅行なんか行かない、行くなら落語だ。前座・金原亭《きんげんてい》乃ゝ香《ののか》（若い美人）に続き、林家たま平（大柄愛敬）が「浮世床」をうかがい、志ん輔師匠登場。一席めは初演という「蔵前駕籠《かご》」。

目黒区美術館で迎えてくれた彫刻

幕末、吉原《よしわら》に通う駕籠は夕方になると狼藉《ろうぜき》の薩長侍《さっちょう》に襲われ金品を奪われる。てやんでいと開き直った江戸っ子が……。

テンテケテンと中入りあって二席めは、師の古今亭志ん生・志ん朝もたびたび演じた「寝床」を、正攻法、本寸法でとりあげた。

——長屋の大家は習い覚えた義太夫を人に聞かせたくてしょうがないが、店子《たなこ》たちはあの手この手で逃げ回り……のおなじみの一席。

そろりと始まったのがいったん火がつくと、熱演に次ぐ熱演が志ん輔師匠の真骨頂。一瞬ポカンと虚空をにらむ間の良さに爆笑また爆笑。隅々まで知る話をどれだけ面白く聞かせるかが練達の芸だ。大拍手で終えて席を立つ婦人二人が「顔芸よね」とうなずきあっていたのが印象的だった。

＊

家から歩いた「目黒区美術館」は〈世紀末ウィーンのグラフィック―デザインそして生活の刷新にむけて〉。

ウィーンは二度訪れ、オットー・ワグナーの建築をはじめ、世紀末芸術の都として魅了された。本展は〈1897年のウィーン分離派設立から1914年の第一次世界大戦勃発まで、世紀末から二十世紀初頭のウィーンでは、グスタフ・クリムトやヨーゼフ・ホフマンらを中心に、新しい時代に相応しい芸術、そしてデザインの在り方が模索され、絵画、彫刻、建築をはじめ数多くの素晴らしい作品が生まれました。中でもグラフィックの分野は、印刷技術の発展や雑誌メディアの隆盛を背景にめざましく発展し、新しい芸術の動向を人々に伝え、社会に浸透させ……〉。

近所ながら初めての目黒区美術館は、緑の立ち木の奥深くにひっそりとモダンなたたずまい。二階にはとても素敵な裸婦彫刻が迎えるように二体一対におかれる。

私の本業はグラフィックデザインだ。グラフィックとは印刷物のこと。美術館に一点だけある絵とはちがう、大量印刷されて日常を彩る美術だ。たとえばブックデザインは日本中の書店で大勢の目にふれ図書館にも残り、自作の絵を画廊に並べ絵仲間や親戚が見にきて終わりとはスケールがちがう。

展示の版画、書籍、案内状、図案集、生地や壁紙の意匠集などは、十九世紀までの描写絵画にはなかった近代の息吹が躍動する。それは印刷を前提とすることによる、筆触やぼかしの要素のない明快な単色ベタの割り切りだ。文字と絵柄を一体に見る表現もそれまでにはなかった。必要なのは洗練。デザイナーの職業意識ですぐにこれは二色刷りの三色効果だな、などと読み解き、当時ウィーンで大人気だった日本の浮世絵を多色刷り版画の最高峰として学んでいるのも誇らしい。

今のコンピューター制作にはない、印刷初現の素朴にして典雅なグラフィックは、それを仕事とした喜びを再確認させてくれた。

＊

神田の「神保町《じんぼうちょう》シアター」は大連休を当て込んでか切り札特集〈一年遅れの生誕百年　映画監督川島雄三〉九作だ。混んでるだろうなあと出かけたら案の定。チケット購入順入場で、定員九十九席に私は九十四番。すぐに完売。客の九割は六十代以上のお父つぁんで、大連休の行き場は日本映画の旧作名画座もむべなるか。本日は川島の松竹時代作品『天使も夢を見る』。

――製薬会社の社会人野球部員は勝利をめざし、就業後は練習にはげむ。鶴田浩二と佐田啓二は寮の同室で仲がよい。一方、社長・河村黎吉は野球部なんかいらんと頑迷だが、娘・津島恵子は鶴田に好意を寄せ、佐田は練習場隣の畑の家に学生時代世話になった一家の娘・幾野道子がいることを知る。

昭和二十六年の映画は、貧しい暮らし、シベリア抑留、封建的義理などが日常に残りすべてが理解できる。率直な正義漢の鶴田、愛情深い佐田、女優の若々しくも大人の美しさ。最後はもちろんハッピーエンド。映画は昭和時代に限ると満足して帰ったことでした。

居酒屋に通って

　この三月に文化庁から表彰通知があった。届いた「平成三十年度文化庁長官表彰名簿」によると、さまざまな分野の個人八十六件・団体三件の被表彰者のうち、私の〈主要経歴〉は〈グラフィックデザイナー／居酒屋探訪家〉。功績概要は〈永年にわたり、日本の食文化について独自の視点による著述活動を通じて食文化の発展に寄与し、我が国の文化芸術の振興に多大な貢献をしている〉とある。

　はたして私ごときがの気持ちのまま霞《かすみ》が関《せき》文部科学省の表彰式に行き、文化庁長官から表彰状が手渡された。終えて記念写真撮影後、簡単な立食茶話会になり、知りあいもいないまま隅でコーヒーを手にしていると、職員の方が「おめでとうございます」と声をかけてくれ、ちょうどよいと、頭にあった質問をした。

「私の表彰理由は何でしょう？」

「もちろん、居酒屋を通した食文化への寄与です」

ははあ、やっぱり。お堅い功績概要の文章に「居酒屋」の字は入れにくかったのだろう。ならばと腑《ふ》に落ち、ありがたいことだと実感がわいた。

食文化研究などと気負った気持ちは全くないまま居酒屋の本を数十冊も書いてきた。端緒はまだ会社員時代の三十代後半、飲み仲間と始めた「居酒屋研究会」だ。「研究」しているのは「この店の良さはどこからきているか」。会報『季刊居酒屋研究』から「居酒屋の居は居心地の居」「居酒屋三原則＝いい酒・いい人・いい肴」の金言（？）が生まれた。

その会報が雑誌連載になり、居酒屋についての執筆が増えてゆく。最大のステップが雑誌『小説新潮』に毎月一回、三年間連載した、日本中の居酒屋を巡る「ニッポン居酒屋放浪記」だった。

本業のグラフィックデザインとはべつに、そういう本を書き、連載をし、日本中の居酒屋を二巡、三巡するうち、いつの間にか「居酒屋探訪家」なる肩書がついて文化庁にも認められたのである。友人に話したところ「居酒屋に通って国から表彰されたのはお前だけだよ」と言われた。まことにお恥ずかしいことです。

＊

しかしよい機会だと、居酒屋通い三十年で知ったことを整理してみた。

・イギリスのパブ、フランスのカフェ、ドイツのビアホール、イタリアのバル、アメリカのスナックバーなど世界中の都市に、一日の終わりを酒でほっとさせる場所があり、町の安定装置となっている。日本では居酒屋がそれ。

・特徴は、イギリス＝ビール・ウイスキー、フランス＝ワイン、ドイツ＝ビール、アメリカ＝バーボンなど「国酒＝その国の酒」を飲ますこと。わが国は日本酒と焼酎。世界の酒で今も進歩を続けているのは日本酒だけで、その楽しみも大きい。

・四方を海が囲む長い島国日本は北と南、太平洋側と日本海側、沿岸と内陸、瀬戸内、離島など、複雑な地形と四季明確な気候が、多様な食文化、土地の生活となって居酒屋に密に表れている。

・日本の居酒屋には「居酒屋にしかない料理」があり酒の肴の豊富さは世界一。さらに料亭、小料理、飲み屋、赤提灯《あかちようちん》、立ち飲み、屋台などなど居酒屋の形態の多さも世界一。これほど居酒屋が多面的に日常にある国はなく、世界一の居酒屋王国である。

・飲用器に透明ガラスを使う諸外国とちがい、日本の徳利や盃は磁器・陶器のため、絵柄や詩文が描かれ、また○○焼など千差万別の味わいが世界に類のない「酒器を愛《め》でる文化」を生んでいる。日本の居酒屋には「美学」がある。

・日本各地に主人が三代目なら客も三代目と続く名物居酒屋があり、町の心のより所として客は「顔を出し」に通い、いつも同じものを注文する。それは社交的なつきあいの世界で、例外なく家族経営で続く個人店なのが誠に健全だ。歴史が生んだ町柄や庶民の気質、人情を知るのに居酒屋ほどよい場所はない。

・そういう居酒屋が城下町に多いのは、経済的、治世的な町の安定が名居酒屋を生む証左。東京は下町に多く、大正リベラリズム以降は中央線沿線に生まれ、今は私鉄の通う山の手に育ちつつあるのは、地域の成熟の兆しといえる。

・その心は「レストランは胃袋を満たすところ、居酒屋は精神を満たすところ」。すなわち「居酒屋は文化」であり、文化庁表彰も理あることなのだ。

二十年も前に私が始めた居酒屋探訪テレビ番組は類似番組がいくらでも生まれ、居酒屋は飲食だけの場ではないと認知された。いま続けている「太田和彦のふらり旅　新・居酒屋百選」は、居酒屋の根底にある文化をさらに探ってゆきたい。よろしくお願いします。

表彰式にて

厳島神社の羽衣

高校時代に絵を描いていた仲間の一年先輩は喜多《きた》流の能の稽古を始め、ときどき千駄ケ谷《せんだがや》や目黒の能楽堂に観に行った。このほど、その晴れ舞台というべきか「厳《いつく》島《しま》神社桃花祭御神事　神能組」でシテを舞うことになり、仲間七人で広島に観に向かった。

昔訪ねた世界遺産、宮島《みやじま》の厳島神社は、ここ数年欧米人旅行客が飛躍的に増え、宮島口から乗るフェリーも大きなリュックを背負ったカップルや、リタイア夫婦でいっぱいだ。船上二十分。島に降り、おなじみの鹿が人なつこくゆっくり寄って来ると、世界各国の誰もが顔をほころばせるのがよい光景だ。しかし頭数が減り年齢も老けた気がする。

遠く大鳥居を望む厳島神社回廊の一角に海上能舞台があるのは知らなかった。ここだけは朱塗りではない本茅葺《ほんかやぶ》きで、舞台下は潮が満ち寄せ、浜をはさんだ向かいは特設観客席で畳ござが敷かれる。

今日は三日めの最終日。間に狂言をはさみつつ、「枕慈童」「田村」「羽衣」「花月」「黒塚」の五曲が休憩なしに粛々《しゆくしゆく》と演ぜられ、先輩は三曲め「羽衣」のシテだ。――三保《みほ》の松原にかかる美しい衣を見つけた漁師・白龍《はくりよう》は家宝にすべく、天女に請われても返さないが、天界に戻れないと嘆くのを見、ならば舞を舞ってほしいと言う。衣なしでは舞えぬ、いや先に返せば舞わずに戻るだろうと拒めば、そのような猜疑《さいぎ》は人間界のもの、天界に偽りはないと諭す。羽衣を着た舞は清婉《せいえん》の美しさをたたえ、やがて天に去る。

戴いた謡本冒頭に〈種々の形式を取りて語りつがれ、殆《ほとん》ど世界共通の観ある白鳥処女伝説は、実に我が謡曲羽衣によりて最も優美に且《かつ》上品に完成されたりと謂《い》ひつべし〉とある。私はかつて三保の松原で伝説の松を見た。

正面鏡板の松の絵は海風に晒《さら》され擦れているが、その前に緑瑞々しい松の大枝を立て、裃《かみしも》に威儀を正した地謡《じうたい》八名、太鼓一名、小鼓、笛、最後にワキ・白龍が小腰をかがめて座り舞台が整った。

〈風早の三保の浦曲《うらわ》を漕《こ》ぐ船の浦人騒ぐ波路かな……〉。始まった謡が相当進んだころ左手橋懸かりの幕が開き、白衣に腰下は朱、大きな赤牡丹をのせた金冠をかむり扇を右手に、面をつけた天女が一歩進んで現れた。あれが先輩だ。

やがてすり足粛々と舞台に入り、謡、太鼓、笛の高まる中、シテ舞が始まった。能は演者以外は微動だにしないので、ほんの微《かす》かな動きがたいへん大きく感じられ、それがまた演者の技か。

山場は問答あってワキ白龍から受け取った羽衣を着衣してからの舞だ。物語る謡は止み、縹渺《ひょうびょう》たる笛とカッポンと鳴る鼓、イヤア、ホウの掛け声だけが支える長いシテ舞への、満場の水を打った視線が痛いほどわかる。室内能舞台とはちがい、終始海から微風がながれ、時に吹く強い風に羽衣の大袖も舞い上がって臨場感満点だ。

面をつける能は演者の表情が見えないぶん抽象化され、動作から物語をくみとる。かつて先輩は、能面裏の糸ほどに細い隙間から見える範囲は狭く、自分との闘いの持続で精神力がすべてと言っていた。先輩がんばれ、の気持ちがあるが、沈着に腰は定まって金冠に下がる飾り鎖は揺れず、ひと差し上げた扇の所作の大きさにうなり、体向きを変える足さばきは寸分の狂いなく、謡本に〈曲、静かなるうち爽やかなる運びあり、全体に和きて一貫せる節調を保つ〉とあるとおりだ。

海上能舞台に「羽衣」が舞う

〈天つ風雲の通ひ路吹きとぢよ少女の姿暫《しば》し留まりて……〉。小倉百人一首歌も織り込まれるあたりを最高潮として天女は〈天つ御空の霞《かすみ》に紛れて失《う》せにけり〉、白龍は一人取り残される。万雷の拍手とともに「羽衣」は終曲した。

＊

観客の我々は広島に戻り、居酒屋「なわない」へ。主人はかつてお化け屋敷を作って全国をまわっていたそうで「旅で飲む酒がよくてね」は私と同じ。おだやかな口調にファンが多い。一押しは何と言っても瀬戸内の〈小いわし素裂き〉だが、今や全国的に不漁のため六月一日の解禁日を待つしかないとは残念。しからばと頼んだ〈サワラ刺身・たたき／さより／しめ鯖《さば》〉の盛り合わせに歓声があがって箸がすすむ。

高校時代は五十年以上も前。同伴の奥様方は旧友同士の仲をうらやましがる。今日舞った先輩はインテリア、一人はファッション、一人は建築、私はデザインに進んだ。美術仲間の話はどこか浮世離れして〈地あなご白焼〉一本焼きは頭からどうその主人の言に解釈論がわく。広島地酒「華鳩《はなはと》」をどんどん追加。やがて六月の松本の美術部「アカシア会」同窓会の打ち合わせに進んだ。「羽衣」の先輩も毎年参加、そのときに今日の苦心談をうかがおう。

夏の午後の散歩

仕事場前のポストに郵便を落とすと、坂道下から小さな女の子がスクーターを蹴り、その後をお姉ちゃんらしきが自転車を押し上げてくる。揃いの夏服が可愛く、何か声をかけたい。

「いい自転車だね」

「お兄ちゃんのおさがり」

それだけ言って自転車にまたがり、左に曲がって走り去る。私もこのままそちらへ散歩に出るとしよう。

このあたりは寺が多く辻の案内板には、最上寺《さいじょうじ》、本願寺《ほんがんじ》、常光寺《じょうこうじ》、戒法寺《かいほうじ》、宝蔵寺《ほうぞうじ》、光取寺《こうしゅじ》、月窓院《げっそういん》、清岸寺《せいがんじ》、隆崇院《りゅうそういん》。案内板設置は石材店で、電話番号一四八三（イシヤサン）がいい。

晴れわたった初夏の午後。入った寺は人影なく、水やりの手桶《ておけ》や柄杓《ひしゃく》を置いた水道蛇口の隣には手押しポンプ井戸もあり、こちらを好む人もいるか。木陰を歩くと無言に並ぶ墓石を人のように感じる。昔は墓場は怖い所だったが、今は心落ち着く所だ。

一基の墓所に置かれた小さな石地蔵の、邪気のないかすかな笑顔がいい。このごろは名刹の像よりもこういうなんでもない石仏に心惹かれる。顔はみな異なり、風雪を経た味わい、個性がある。遠く高層マンションを望むのが都心らしい眺めだ。

隣の寺の本堂の懸魚《げぎょ》彫刻は、下半身は鶴の天女が月琴を弾いて空中を舞う。下の虹梁《こうりょう》は片肌脱ぐ高僧たちが大樹の下で虎や獅子を手なずけて手に宝珠を持つ。ともに白や青の着彩が美しい。

べつの寺の隅に三面を向き合わせた碑が建っている。右面〈明治三十四年二月福澤諭吉先生永眠のとき此處《ここ》に埋葬せらる　先生の生前自ら選定し置かれし墓地なり　昭和五十一年五月福澤家の意向により同家の菩提寺《ぼだいじ》麻布山《あざぶさん》善福寺《ぜんぷくじ》に改葬せらる　よって最初の塋域《えいいき》を記念するため之《これ》を建つ〉。正面〈天保五年十二月十二日生　福澤諭吉先生永眠之地　明治三十四年二月三日死〉。左面〈慶應義塾〉。

こころ惹かれる石仏

隣の石柱には胸像が。〈この福澤諭吉先生の胸像ブロンズは三田山上慶應義塾大学図書館正面入口に建っている胸像の原形を復元したものである。当山淨境の福澤諭吉先生永眠の地に之を建て永く先生の遺徳を顕彰する〉。

高さ一尺ほどと小さいが一万円札で見る威厳と品格だ。これは知らなかった。

＊

あたりの家はどこも落ち着き、今は赤や黄、白やピンクのバラが真っ盛りだ。屋根上まで覆う薔薇《ばら》屋敷もあり、無人の道に香りが漂う。このあたりは高台で、遠望する品川の先は海だ。

ぶらぶらと目に留まる寺の掲示板〈咲いた花見て喜ぶならば咲かせた根元の恩を知れ〉。べつの寺〈愚痴の言葉を使いなれると感謝の言葉が言えなくなる〉。

土塀に沿う下り坂を右折すると更地に阿弥陀《あみだ》堂が建っていた。白木ま新しい堂は扉が開けられて三体が安置される。

右脇侍《きょうじ》　観音菩薩《ぼさつ》

慈悲と救済が特色の菩薩様です。苦悩の音（声）を観じると救いの手をさしのべてくださいます。特に慈母観音菩薩さまは、幼児のしあわせと成長を見守り、助けてくださいます。

本尊　阿弥陀仏

いつでも、どこでも、だれでも「阿弥陀さま助けてください」と心から願って「ナムアミダブツ」と念仏をとなえる人を救ってくださいます。特に来世の安心を求めて念仏をとなえる人は、極楽浄土への往生が約束されます。

左脇侍　普賢《ふげん》菩薩

理性を象徴する最も賢い菩薩さまで、人生の師として最高の境地に至った理想の方です。知識と理性を求める人をみちびき、白象に乗って信奉者を守護してくださいます。

中央の阿弥陀仏は天地一尺ほどが光背《こうはい》とともに金色に輝いて荘厳。

右の観音菩薩は人丈ほどの全身を赤い漆で艶やかに仕上げた木像で、瓶子《へいし》を持つ子が衣裳にからみ、小龍のような動物が観音の左腕を這《は》い、右手は珠《たま》をつまむ珍しい像だ。

左の普賢菩薩は小象に鎧姿で腰をおろし、緑を帯びたブロンズはかなり古いもののようだが、若い視線は知性の透徹がある。こんなにすばらしいものが近所に建ったとは。これからも拝みに来よう。

別坂を上がった寺に〈ペットやすらぎ塚〉として〈一切生類　悉有仏性〉とともに

に文が刻まれる。

グレイスはずっと心の中に／かわゆくて誇り高い秋田犬リュウ／黒須・竹中家愛犬ハスキー・モク号／気高く壮烈な二年半凄い犬キャラ／町一番のハンサム犬森田ジョン／早川家愛犬マイケル。

一時間ほど歩く間、誰一人会わず、別世界にいたような時間だった。そろそろ仕事場に戻ろうとした向こうから、供花を手にした女性が二人やってきて、自転車の子が成長したのかと思った。

出雲のホーランエンヤ

山陰島根の出雲大社は、大昔に一度参拝した記憶があるが、きちんとは今日が初めてだ。

大社に向かう広い参道の松並木は梢《こずえ》高く、それぞれ刈り込まれた形に味がある。その下はお土産、出雲そばの店など。

やがてゆるい上りになり、高さ八・八メートル、漆黒の「勢溜《せいだまり》」大鳥居が建ち、「出雲大社」大石柱、切妻屋根の大灯籠《おおとうろう》を石台上に見上げると神域だ。

緑深い参道の小砂利を踏みしめる足裏が気持ちよい。神社好きの私は明治神宮はもとより、伊勢神宮も数度たずね、つぶさに見てまわった。

頃おりしも杜若《かきつばた》が見ごろ。脇の池は緑と鮮やかな紫が水面《みなも》に映え、女性たちがスマホで撮っている。

その向かいは摂社「野見宿禰《のみのすくね》神社」。『日本書紀』に登場する怪力・野見宿禰は、当麻蹴速《たいまのけはや》（蹴技が得意でこの名）を負かして相撲の元祖となった人。その神社がここにあるとは知らなかった。

さらに中鳥居をくぐるとやや下り坂になり、振り返った大鳥居の先が空に抜け、なだらかな高低差が本殿への心準備をうながす。

青い銅鳥居が見えてきた路脇に、等身よりもはるかに大きな大国主大神《おおくにぬしのおおかみ》の像が腰を落として、向かいの大波の頂上に乗る巨大な金の玉に両腕を捧げ上げる。由来〈むすびの御神像〉によれば、若き大国主大神が日本海の荒波に乗る「幸魂《さきみたま》・奇魂《くしみたま》」から知恵を受け「むすびの大神」となった。その心は〈すべての幸福の縁を結ぶ〉。出雲大社といえば縁結びの神。そう思って眺めると若い女性グループがとても多く、終えてにこやかに戻るカップルもいる。

手水脇に皇后陛下（現上皇后陛下）の御歌碑。

〈國譲り祀《まつ》られましゝ大神の奇《く》しき御業を偲《しの》びて止まず〉

天上を治めていた「天《あま》つ神」天照大御神《あまてらすおおみかみ》（伊勢神宮）が、「国つ神」大国主大神に地上の統治を望み、その〈国譲り〉の条件として創建をもとめたのが出雲大社だ。

『古事記』には〈我が住処を皇孫の住処の様に太く深い柱で、千木《ちぎ》が空高くまで届く立派な宮を……〉の旨が記される。

拝殿から八足門《やつあし》をくぐると御本殿、正しくは「いづもおおやしろ」は、先頃六十年一度の「平成の大遷宮」を終え、ま新しいはずがすでにして風格あるたたずまいに、おなじみの巨大注連縄《しめなわ》が白い。普通「二礼二拍一礼」を当社は「二礼四拍一礼」する。

パン、パン、パン、パン。

願いはただ一つ「令和も平和に」。掌にふくらみを抱かせて柏手《かしわで》を響かせた。戻った八足門横には島根地酒の樽《たる》が何段何十樽も重なる。言うまでもない日本酒は「御神酒《おみき》」、神に捧げるもの。四つ柏手を打った今夜は堂々といただける。

境内両側の長屋風建物は、十一月「神無月」、出雲では「神在月《かみありづき》」に全国から集まる神々の宿舎で、その最初の入りは旧暦十月十日、今年は新暦十一月六日夜七時～といやに正確なのがおもしろい。

小高い緑の山を背に塀が囲む本殿まわりを一周した。伊勢神宮の唯一神明造りは穀倉の高床式、千木に鰹木《かつおぎ》は九～十本。出雲大社の大社造りは農を思わせる住まいの檜皮葺《ひわだ》き、千木に鰹木一本。厚い檜皮屋根を支える切妻軒出は青い銅板で保護され、金の御紋が光る。古代の出雲大社は高さ四八メートルの本殿までまっすぐ上る大階段だったという最近の研究の絵を見て驚き、より一層、天に近づきたい意思を感じた。

新緑の季節にゆっくり歩いた出雲大社参拝は、長年の目的を済ませた気持ちがした。

＊

さて夕方の御神酒タイム。くぐる暖簾は、中海・宍道湖《しんじ》をつなぐ大橋川《おおはしがわ》の新大橋たもと、なじみの居酒屋「やまいち」。

「こんちは」「お、いらっしゃい」

訪《おとな》いは伝えてないので、若主人、お母さん、その妹さんの三人が目を丸くしてくれる。

「おでん、大根、蕗《ふき》、あと燗酒」

ツイー……。

大社詣での精進おとし、うまいのう。頭にタオル巻きの彼は先年に父を見送り今は大黒柱だが、常連は今も「お兄ちゃん」と呼ぶ。

「今回はホーランエンヤですか？」

両手を捧げる大国主大神

ん？　それは知らない。

日本三大船神事の一つ、十年一度の「ホーランエンヤ」は丁度昨日が渡御《とぎょ》。伝えるローカルテレビニュースは、舟上で石川五右衛門のような派手な隈取《くまど》りに華麗な装束が長槍《ながやり》を手に見得を切り、囃子《はやし》舟が盛大に川を埋めてスケールが大きく、これは見たかった。

「十年一度はラストチャンスだったかなあ」「いやまだまだ」

笑ってくれるがはたして。しかし知らずにそのとき来たのは、思い立った出雲大社参拝の褒美だったのかもしれない。

追憶の鳥取

鳥取駅からまっすぐ続く若桜《わかさ》街道の突き当たりは、高さ二六三メートルの久松《きゅうしょう》山《ざん》。山頂には鳥取城があった。

天下統一をめざす織田信長は、天正《てんしょう》八、九（一五八〇、八一）年の二度、羽柴《はしば》（のちの豊臣）秀吉を総大将として、毛利《もうり》方の最前線であった鳥取城を攻めた。信長の指示は城を包囲しての「兵糧攻め」。城内は耐えに耐えたが、兵糧すべて尽き果て、籠城大将の吉川経家《きっかわつねいえ》は民衆の命と引き換えに自刃し、城は開城。この戦いは鳥取の「渇《かつ》え殺し」とよばれた。

その豊臣も大坂夏の陣で滅びると、鳥取は姫路《ひめじ》城主・池田光政《みつまさ》が転封。以降、池田家十二代の居城として大藩のまま明治となる。

若桜街道正面の県庁左は武道館。その脇に鎧姿、刀折れ矢尽き、無念の表情で立ち尽くす吉川経家像が立つ。すぐ奥の名門・鳥取西高生はこの前を歩いて通う。

鳥取城は明治十二年に撤去されたが山すその堀は残り、旧藩主・池田家により久松公園として整備され、いま新たに大手登城路復元工事が進行中だ。堀を渡って中ノ御門に向かう擬宝珠橋《ぎぼしばし》は完成したばかりで、かるく反った白木ま新しい太鼓橋の香り、手触りがなんとも気持ちよい。

鳥取を訪ねるのは三度目だ。最初の平成七年のとき、ここの左、北ノ御門の宝珠《ほうじゅ》橋《ばし》たもとに建つ唱歌「ふるさと」の歌碑を見て鳥取に親近感を持った。

うさぎおいしかのやま

こぶなつりしかのかわ

作曲・岡野貞一は鳥取出身、作詞・高野辰之は長野出身。私の故郷を描いた詞に名旋律をつけたのは鳥取の人だった。鳥取と長野がこの名曲を生んだのだ。岡野は私の母校・長野県松本深志《ふかし》高校の校歌を作曲した人でもある。

二度目の平成二十三年は、東日本大震災後の突然故郷を失う喪失感を知り、変わらぬ地を確認にゆく気持ちでやはりこの歌碑の前に立った。時代は令和になった。

＊

中庭から見た仁風閣

宝珠橋の先が池田家第十四代当主が明治四十年に建てたフレンチ・ルネサンス式洋館「仁風閣《じんぷうかく》」だ。設計は赤坂離宮などで知られる宮廷建築の第一人者・片山東熊《とうくま》。完成と同時に時の皇太子（のちの大正天皇）の山陰行啓宿舎となり、随行した海軍大将・東郷平八郎が「仁風閣」と名づけた。今は国指定重要文化財。

開いた鉄門から広大な芝生の先へ「白亜瀟洒《しょうしゃ》」がぴたりの建物に歩き近づいてゆくのは心がときめく。二階建て木造の骨格は細身、瓦葺き屋根の正面は半円アーチ、左右に小さなドーマー窓。屋根上には白い装飾手摺《てす》り。左右対称をやや崩しているのが右に張りだした六角の尖塔《せんとう》をのせた階段室と、各室に設けたマントルピースの煉瓦《れんが》煙突六本だ。

二階までの外観白塗装をドレスとすれば屋根は黒髪、装飾はティアラ。六角尖塔の青緑、煉瓦の赤茶はアクセサリーの如《ごと》く、建物が優雅に着飾った淑女に見え、それ以上の無駄な豪華さはない清潔がさらに知的だ。

館内の大小数室はいずれもマントルピースを置き、その大理石、花柄などの壁紙はすべて異なる。天井から三方に唐草風に細く伸びた清雅なシャンデリアは県下で初めて灯った電灯。支柱のないらせん階段など内装は流麗。一室には鳥取池田家の歴史が展示される。

正面からまわった裏庭は南に面して芝生が広く、その先は広大な池泉回遊式の宝隆院《ほうりゅういん》庭園で、池に緋鯉《ひごい》が泳ぐ。建物は一階、二階ともにベランダ回廊が開放的で細柱が軽快。設計の片山は国家の威信をかけた赤坂離宮の重厚雄大豪華に比べ、のびのびとエレガンスを楽しんだときいた。

夜になって「ファルケンシュタイン」へ。ここはドイツ人の主人と大阪出身の奥様で経営する本格ドイツパブで、直輸ドイツビールはおよそ十種もそろい、会話はドイツ語と大阪弁で進むのもおもしろい。ご主人は生地ドイツで子供の頃から父に柔道を仕込まれ、日本で修行してこいと送り出された黒帯だそうだ。

「今回はなんでっか?」「ここにビール飲みに」「ダンケ!」と主人が親指を立てる。

ゴクゴク、プハー……。

ああうまい。二十四年前初めて鳥取に来たとき「大八《だいはち》」というすばらしいおでん屋を知り、その後八年前に再訪したこれもすばらしい居酒屋「一心《いっしん》」で大八の閉店を知り、さらに一心も一カ月後に閉めると聞いた。今いるファルケンシュタインも、もう四十年も続けたので閉店を考えるようになったともらす。

旅の居酒屋は一期一会。並ぶドイツのビアグラスや、天井まで貼られた本場のコースターなどの店内を改めて見渡した。今日はゆっくりもう一杯飲もう。

川の町、松本

六月の週末に松本で高校時代の絵の仲間「アカシア会」の集まりがあり、翌週末は教えた大学のゼミ生たちが松本修学旅行と称して来る。ならばとその間一週間を松本に居ることにした。

こいつはいいぞ。わが故郷松本の初夏は、緑美しく、空気澄みわたり、暑くも寒くもない、一年でいちばん良いときだ。となればもちろん酒もうまい。

しかし遊んでいるわけにはゆかない、今はパソコンがあれば出先で仕事できる。新連載に取り組むべく資料と着替えを宅配便でホテルに送った。昼間はみっちり仕事するほうが夜の酒もうまいのだ。

ホテルではよく眠った。故郷とはぐっすり眠れるところだ。目覚めた朝の散歩に

すばらしき入道雲と女鳥羽川

半袖ポロシャツはやや肌寒いが、足元は送っておいたビーチサンダル。私は靴嫌いで裸足好き。

市内を貫流する女鳥羽川《めとばがわ》の橋から聞く瀬音が心地よい。山国信州の川は急流だ。両岸は夏草が背丈ほどに青々と茂り、上流の先、美ケ原《うつくしがはら》山頂に隆々と入道雲がわき上がる。振り向いた下流の彼方は残雪の北アルプスだ。

かつて大氾濫した川に平成四年から始めた「ふるさとの川整備事業」は、大水にそなえて川床を掘り下げ、松本城のような粗い自然石の石垣を積み、蛇行させた流れの両岸は木も植えた散策緑地として各所に下りる石段を設けた。「十年をかけて、コンクリートを全く使わず、川を憩いの場」に変えて以来、観光客は誰しも立ち止まって眺める。下には魚が泳ぎ、アオサギやカルガモが舞い降り、朝の今は草むらに潜むさまざまな小鳥の啼《な》き声もにぎやかに、時おりピューと飛び出てゆく。

自然の川の再現に見えるが、よく見るときちんと手が入り、今朝もボランティアの方が数人清掃に余念ない。市職員と有志による「女鳥羽川を美しく保つ会」が手入れを続けているそうだ。

川を危険な場所としてコンクリートの垂直壁で固め、さらには蓋をした暗渠《あんきょ》で川そのものを消してしまう東京に比べ、松本の行政文化意識は格段に高い。

さらに橋も赤い欄干の太鼓橋や、中央にバルコニー、親柱にガス灯など個性をもたせ、目抜き通りの千歳橋《ちとせばし》は二車線道路と同幅に歩道を広げて小広場になり気持ちよい。道路歩道は容易に広げられないが橋ならできるうまい改造だ。小さな表示板の写真「女鳥羽川であそぶ子供たち」は、明治時代にフリチンで水遊びする男の子大勢が手をあげている。

散歩を終えてホテルに戻り、素裸に寝巻き一枚、椅子に枕を置いて座を高くし、猛然とパソコンに向かった。東京の仕事場は、配達が来たり、何かの片づけなどいろいろあるが、ここは何もなく人が訪ねてくることもない。

＊

かくて夕方、酒だ。まずは居酒屋「きく蔵《ぞう》」へ。

「こんちは」「あ、太田さん、今回は何ずら」「きく蔵に酒飲みに」「まあ、口がうまいじゃん」。奥さんが笑う。口ならまかしとけ。

ツイー……。故郷のなじみのカウンターの酒のうまさよ。お通しの〈舞茸のくるみ和え〉がおいしい。

季節最後の山菜、高い山の最後の残雪の手前で採れる〈雪笹《ゆきざさ》〉は専用のような笹形皿に盛られる。氷のガラスケースの赤貝、ぼたん海老刺身が驚くほど新鮮においいしく、山国松本でもこういうものが食べられるようになったのだ。カウンターには根曲がり竹がどっさり。「これが出るとスーパーに鯖缶が山積みになるで」の説明に東京からの客が驚く。日本一長寿県の秘密は鯖缶ですぞ。

隣に座るシャツ姿の男の方はリタイアして藤沢に住み、大好きな松本に通おうと信州大学の一般学生と同じ講座に毎週のように出席しているという。今日は「医療制度論」。社会人は八百字のレポート提出が必要だがいつも字数が足りないそうだ。

松本好きの理由をうかがうと「山に囲まれた町のサイズがちょうどよい／女鳥羽川の空気がいい／水が良いので酒がうまい」。整然としたお答えに知性を感じるが、その後の「それで太田さんの本をたよりに松本の居酒屋を巡っています」にぎゃふん。主人の「うちにもしょっちゅう来てくれるだ」に顔が赤くなる。

つまんでいる〈げんげの一夜干し〉は、私のテレビ番組の魚津編で見た美人三姉妹の魚問屋に注文して品書きに加えると人気になった。奥さんは弘前編で見た〈塩辛のピザ〉を早速ためしておいしかったそうだ。「オレの番組も少しは役立ってるんだ」「そうずら、毎週やってるで」。よくもまあという顔にも見えてまた赤面。

こうして松本の夜はふけてゆくのでした。

蔵と名水の町

松本泊まりの朝は必ず、中心にある「四柱神社《よはしら》」に詣でて手を合わす。子供のころ父と来てそうさせられた。

ぱん、ぱん。

おやじ、おふくろ、松本に来てるよ。頭を下げ、目を閉じると両親の顔が笑っている。

朝の神社の清々《すがすが》しさが好きだ。早朝に帯《ほうき》を掃かれた清浄な境内を通るとき、必ず社殿に一礼してゆく人は多く、両手を合わせ何分も動かない婦人もいる。六月の晦日《みそか》には「茅の輪」が出るはずだ。おりしもどんどんと朝の太鼓を打ち始めた。

大鳥居から女鳥羽川をはさんだ民芸喫茶「まるも」は朝八時からやっている。松本民芸家具で統一された店内はしっとりと落ち着き、いつも座る窓の席は今朝は先客がいて、ペーパーバックの洋書を読みふけっている。

「コーヒーをください」

「かしこまりました」

流れているのはモーツァルトのオーボエ協奏曲。耳になじみの名曲を聴きながらの朝のコーヒーは至福の時だ。四十年は経《た》つ椅子は少しもガタがないばかりか、なじんだ感触が温かい。隅の席の人はサンダル履きで、どさりと置いた新聞をここで読むのが習慣か。私は信濃毎日新聞とタブロイドの市民タイムス。こまごました松本のできごとを読むのが地元気分を高める。コーヒーの後半に生クリームを入れると酸味が立っておいしい。

曲はフォーレのヴァイオリンソナタに変わり、いい曲だなあ、このＣＤ買おうかな。

「まるも」は女鳥羽川にかかる一ツ橋のたもとで、隣の細路地「一ツ橋小路」石柱に解説が。

〈中町《なかまち》から一ツ橋に通じる小路で宮村町《みやむらまち》とはくいちがいとなっている。古《いにしえ》よりこの小路は肴店《さかなだな》でにぎわい、藩御用達《ごようたし》の商人はここを通って東門から城内へ入った

という〉
交差を桝形《ますがた》のくいちがいにするのは城下町の作りだ。抜けた「中町通り」は呉服商などが集まり、火災に強い土蔵が発達した。白黒なまこ壁の蔵造りは、民芸家具、骨董、塗物、陶器、履物、土産、蕎麦屋、居酒屋、喫茶店、バー、産直店、惣菜《そうざい》などがほどよく続き、眺め歩く人が絶えない。
松本は至るところにアルプス伏流水が湧く「名水の町」で、中町の「蔵の井戸」もつねにこんこんとあふれ流れ、手で掬《すく》って飲むついでにざんぶと顔を洗い「アー」と気持ち良さそうに手拭いを使う人が大勢いる。源智《げんち》の井戸、鯛萬《たいまん》の井戸、大名小路井戸、妙勝寺《みょうしょうじ》の井戸、女鳥羽の泉、伊織《いおり》霊水などそれぞれに味もちがい、ペットボトル何本も持参の人がいつもいる。先日の高校美術部仲間の宴会も、まず水を汲《く》みにゆくことから支度を始めた。

＊

蔵造りの喫茶「蔵《くら》シック館《かん》」の先から脇道に入った古い「富田屋ふとん店」は、白い綿花の大枝を飾り、さまざまな張り紙が。

〈人ありて故にふとん有〉〈夢追いかけて八時間の旅に出かけましょう〉〈帰家穏座自分の家に帰って自分の座布団の上にゆっくりと座ること。つまり自分が自分の落ち着くべきところに落ち着くことです〉〈春です。新年度が始まります。精神的、肉体的にも季節的にも不安定な上、歓迎会、研修会、お花見などでさらに忙しくなります〉に続く〈まずしっかりと睡眠を確保し……〉からは強調傍線つきだ。ふとんは大切とこんこんと説くのは、理屈と社会奉仕を重んじる信州人そのものだ。

その先左右の「高砂《たかさご》通り」に碑が。

〈旧町名　生安寺《しょうあんじ》小路　かつて生安寺を見通すことからこの名がついた。また三月、五月には節句のひな人形を売る店が軒を連ねたのでひな小路とよばれた〉

城下町に人形店が多いのは治世の安定を感じさせて今も多く、通りがかりの目を楽しませる。

二メートル余もある木製の模擬大筆を看板がわりに下げた書道具「松栄堂」は間もなく閉店する張り紙がされ、白い箱に〈筆供養祭　お古い筆をどうぞお入れください〉とある。硯《すずり》などを特売し、なにか買ってあげたい気にさせる。

壮烈に古自転車を積んだ店にも張り紙が。

〈私は空気を汚しません、あなたは。自転車には沢山空気を入れましょう。ミルクを飲みましょう。生安寺小路の岡田バイシクルです〉

さまざまにメッセージを発するのも信州人気質か。

民芸喫茶「まるも」の朝

知性あふれる美貌の顔写真が大きいポスター〈持続可能な未来のために　国谷裕子《くにやひろこ》〉は市民芸術館の講演会だ。私はこの方を尊敬しており、ＮＨＫの良心だった「クローズアップ現代」の降板はＮＨＫ経営委員会の安倍晋三への忖度《そんたく》だろう。主催は「信州岩波講座／まつもと実行委員会」。学術文化書出版の岩波書店創業者・岩波茂雄は松本の隣、諏訪《すわ》の出身。

松本はこういう町だ。さあホテルに戻って仕事しよう。

松本の中華と古時計

松本の昼めし、さあて今日は何にするかな。とは言うが、来てから毎日、中華「廣東《かんとん》」ばかり。今日は四日目。

松本の中華なら名店「百老亭《ひやくろうてい》」だが、ある日、昔からの細い飲食店通り「緑町《みどりちょう》」に気になっていた古そうなここに入り、またちがう味の作りに、次は通おうと思っていたのだ。

私は「街中華」が大好きだ。歳をとったら何でも一皿で済むこれに限る。目黒「龍門《りゆうもん》」（麻婆《マーボー》豆腐）、「揚州商人《ようしゆうしようにん》」（黒酢ラーメン）、代々木《よよぎ》「山水楼《さんすいろう》」（酸辣湯麺《スーラータンメン》）、白金《しろかね》「楽衆軒《らくしゆうけん》」（豚肉うま煮丼）などは定番だ。街中華は一品おいしければ他もみなおいしい。てなわけで。

一日目〈ネギそば〉。豆板醬《トウバンジヤン》をしっかりからめた細切り葱《ねぎ》の辛み香りピリリの醬油味。これは定番になるな。

二日目〈五目やきそば〉。揚げずに蒸して焼く広東式に、赤青野菜イカきくらげたっぷりのあんかけ優しく、心温まる。

三日目〈麻婆丼〉。「よそより辛いけどいいですか？」の問いに「望むところ」と答えたが、信州の採れたて実山椒たっぷりのヒリヒリ感すばらし。

四日目〈パイタン麺〉。解説「ほたてのスープで野菜たっぷりヘルシー、豚骨ではないです」どおり、帆立の甘みやわらかな塩味は後半にラー油で引き締める。

おかずもつけた。「中、熱いですよ」と二度注意された〈春巻〉は、透けて見える青しそ大葉の香りが高貴。〈水餃子〉は、腰のある皮の大ぶりで食べでがある。

「うちのはちょっと独特、何か工夫しないとつまんないでしょ」と言う頭を丸めた大将は東京で修業されたそうだ。ここで三十八年。いつも着物に丸まげの奥さんと会話でわかる仲良しぶりがいい。昼は常連で混むようだ。大きなカラー写真満載メニューの〈担々麺《タンタンメン》〉〈カレー焼そば〉は宿題としてまた来よう。

＊

昼を終えたら少し散歩。白黒なまこ壁がきれいな〈同心小路〉は〈元禄《げんろく》九年（一

なまこ壁の美しい同心小路

六九六）に藩主・水野忠直《ただなお》が設けた町同心屋敷から同心小路とよばれた。およそ十人の町同心が本町、東町《ひがしまち》、安原町《やすはらまち》にあった同心番所に詰め、昼夜をおかず城下町の治安維持と商取引の不正を取り締まった〉と記される。私の実家は東町に四代続いた鍛冶《かじ》職人。同心が寄ったかもしれない。

市立博物館、考古博物館、浮世絵博物館、山と自然博物館、ラジオ博物館、はかり資料館など、お勉強好きの松本には個性的な博物館が多い。

同心小路すじ向かい、高い時計塔を立てた「松本市時計博物館」は、松本隣の諏訪の人・本田親蔵《ちかぞう》（一八九六〜一九八五）の収集品を中心にしている。本田は古時計をすべて修理稼働させて名人と言われ、毎年の「時の記念日・六月十日」の稼働点検を楽しみにしたという。本日六月十四日。よい日に来たというべきか。

時計の始まりエジプトの日時計、目盛りを刻んだ蠟燭《ろうそく》時計、天地五〇センチもある巨大な三時間砂時計は豪快だ。重り、振り子、ばね、機械など正確さを求めて進歩をかさね、見上げる高さに豪華な装飾を施したり、裸美女三人が頭上に捧げるなど、時間を神聖なものとするのがよくわかる。

特別展示は「わが家のお宝時計展」。丸形に立派な台の置時計はドイツ製。〈貿易商をしていた父が商談が成立した時、ドイツの会社（刃物のヘンケルス社）から贈られたキンツレの置時計です。１９６０年前後に我が家に来て以来、60年間ウェストミンスターチャイムを奏でています。日本は輸入しておらず国内では我が家のもの一点ときいています〉。

緑の大理石が美しいのは精工舎製。〈昭和33年の4月20日郵政大臣と記されており、郵政事務官であった父の表彰の記念品です。当時13歳であった私はその後両親が旅行に行くことから長野にいって時計を持ち帰った当時を思い出します〉。長期旅行中のねじ巻のため持ち帰ったのだろう。

小さな子がぶらさがって上下する置時計はアメリカ・アンソニア製。〈明治21年生まれの祖父は時計が好きで大切にしていました。私はバネで吊り下げられた人形が動くのをながめ、ひっぱって遊んでいました。ある日、妹と人形を取りあって、腕が取れてしまいました。祖父は悲しそうな顔で「おもちゃじゃないよ」と一言つぶやきました〉。その取れた腕は修理されているようだ。

代々の時計は家族の歴史を刻んでいる。時おりしも午後三時。

ボ〜ンボ〜ンボ〜ン、チンチンチン、カーンカーンカーン、ポポ・ポポ・ポポ……。

展示の古時計が、みな生きてますよと言うように、いっせいに鳴りだした。

松本修学旅行

大学でデザインを教えていたときの太田ゼミの学生が、私の故郷・松本に修学旅行したいと言いだした。卒業後十数年、みな立派な社会人で仕事を休めるのは土日のみ。わが青春の町を好きになってほしいと綿密なカリキュラム（?）を送り、隊長S嬢から参加七人の連絡が来た。

松本城黒門前十一時半集合。別件で一週間も前から来ている私は早めにそこへ。

一行は朝早い特急あずさに乗っているはず。

おお、来た来た。遠目に手をふりはちきれんばかりの笑顔。

「先生、おはようございます」「よく来たな」「寒いですね」「そうなんだよ」。梅雨入りして気温は一晩で一〇度も下がり、半袖ポロシャツではまことに頼りない。

松本城をバックに一枚

「うわあきれい！」

眼前の松本城に歓声があがる。「築城時と同じ完全木造で別名・烏《からす》城。戦闘用の山の上や近寄り難い要害ではなく、合戦のなかった治世のための町の平城で、水濠《すいごう》で囲んだ四方から全景が見える市民目線が特徴。国宝じゃ」。さっそく先生口調が出る。

門を入った前庭から見る正面にまた歓声が。「端正ですね」「禁欲的」「左右対称の崩し方がうまい」「どこか知的」。デザインを学んだだけあって感想が鋭い。

脱いだ履物の袋を手に城内へ。ひんやりした厚い床板や手斧《ちような》仕上げの剛直な柱・梁《はり》が圧倒する。難所は一段高さ一尺もある幅狭く急峻《きゅうしゅん》な階段で、上下すれ違いもままならず、たいへん多い欧米人客と目で順番を譲り合う。たどりついた最上階天守は四方が眼下、緑の安曇野《あずみの》の先は残雪の北アルプス連山だ。「下りの方が危ないぞ」と声をかけあい再び城外へ。

次はしばし雨の上がった道を、先頃ここも国宝になった「旧開智《かいち》学校」へ。

明治五年の学制発布をうけ、教育を立県の指針とした筑摩《ちくま》県（長野県の前身）権令・永山盛輝《もりてる》の命をうけた地元松本の大工・立石清重《たていしせいじゅう》は、東京や横浜の西洋建築を視察し、意欲と独創に満ちた擬洋風建築を作り上げた。「東西南北」の風見をのせた八角望楼塔、唐破風に掛けた木彫の天使が持つ「開智学校」扁額《へんがく》、バルコニー手摺りは雲錦《うんきん》装飾、教室窓は当時日本にない舶来透明ガラスを駆使。工事費の七割は教育を重んじた市民の寄付でまかなわれ、白亜華麗に完成した。「貧乏県長野は教育を大事にしたんじゃ、オレもそうじゃ」。ますます言うことが鼻高い。

　教壇のある教室は上蓋の開く懐かしい小型頑丈な木の机椅子が並び、皆なんとなく腰かける。「先生、なにか授業してください」「よし。出欠をとる、新関」「はい」「川崎」「はい」「児玉、宿題やってきたか」「忘れました（笑）」「明日から夏休みに入る、早寝早起き、だらけずに家の手伝いをするのだぞ」「は～い（全員）」……。

　夜になりカリキュラムで最も重要視した飲み会へ。抜かりなくなじみの「あや菜《な》」を予約しておいた。店の内田さん（女性）は松本深志高校の二年先輩、料理は娘のはるな。店のベビーサークルに「今ちょうど寝てくれた」と言うはるなの子・なつき（三歳男子）がすやすや顔で一行は大喜びだ。

　カンパーイ、ガチャンガチャンガチャン、ングングング、プハー。喉も裂けよと流し込むビールのうまさ。

　吹聴しておいた松本名物〈塩いか〉〈鹿肉たたき〉〈松本山賊焼〉にどんどん箸がのびてうれしい。焼いただけの〈アスパラ〉が何でこんなにおいしいと（先生のせいでやたら舌の肥えた生徒たちが）唸《うな》る。そうともよ、隣の山形村の朝採れは日本一だぞ。

あーうまかったと二次会はここもなじみのビアパブ「オールドロック」で松本地ビール。こういうことは自由自在だ。「先生、開智学校の展示が意外によかったです」。たしかに教育誕生期の情熱は尊いものがあり、残された図画を見て「こういう素朴な絵心を忘れちゃいけないいな」と誰かの独り言に皆がうなずいていた。

＊

翌日は郊外・里山辺《さとやまべ》の、いつか学生たちに見せたいと思っていた「松本民芸館」へ。松本は柳宗悦《むねよし》の薫陶で民芸が盛んになり、地元の丸山太郎は日本、朝鮮など世界の民芸を収集した。甕《かめ》や器、織物、工芸などに並ぶ数々の和箪笥に「ぼくの実家は代々箪笥金具の金工職人で、こういうものを作っていた」にうなずいてくれる。

じっくり勉強して市内に帰り、ごひいき「百老亭」で名品麻婆豆腐をはじめ、松本中華を腹いっぱい、しばしだらーっと食休み。

「先生、修学旅行よかったです」「どこがよかった?」「どこもおいしかったです」

そっちかい。それでも久しぶりに先生気分も味わわせてもらった。レポート提出はどうしよう。

青春の作品集

私の本業はグラフィックデザイナーだ。長野県の中学生だった一九六〇年頃、美術教科書に載っていた亀倉雄策《ゆうさく》のポスター「原子エネルギーを平和産業に！」（一九五六年作）はそれまでの、絵に文字を入れただけの画家の余技程度の宣伝美術とは全くちがう抽象表現で心うばわれ、グラフィックデザインというものを知った。

一方、「洋酒の寿《ことぶき》屋」（現サントリー）の洒脱で文化的な新聞広告が好きで、中学の美術の授業でポスターが課題になり張りきった私は、ウイスキーのオールドファッショングラスの中を七色のパターンに塗り分け、そのころ目をつぶっても描けた「Ｔｏｒｙｓ」のロゴを下に入れ、「甘いムード」のコピーを添え、悦に入って提出したが、先生の評価は「子供らしくない」だった。

余談だが、さきの亀倉のポスターは、当時の政府方針、世界唯一の被爆国でありながら核開発を進めるための宣伝で、それが決定的に破綻した今となっては、デザインとしては間違いない傑作ではあるが、複雑な感懐だ。

これも余談。大学四年にサントリーのデザイナー試験を受け、最後の社長面接まで進み新幹線で大阪本社に行った。これを通れば採用が決まる。デザイン力はともかく面接で落ちたら悔いが残る。好印象を残さねば。人事部や宣伝部、役員らの中央に座った佐治敬三社長は、じっと私をにらんでいたが、最後に一言聞かれた。

「他社はどこを受けていますか?」

意外な質問にあわてたが、咄嗟《とっさ》に、もしかすると調べがついているかもしれない、嘘《うそ》を言う人物と見られるよりは正直作戦でいこうと決めた。

「資生堂です」

「あそこもいいですね、そちらに受かったらどうしますか?」

「……そのとき、考えます」

最悪の答え。なぜ「もちろん御社に合格させていただければ、そちらは断ります」と言えんのだ、バカ。だいいち調べなどついてるわけがない。そこで面接は終わり結果はあえなく不合格。ちなみにその年は「若干名採用」とあったが合格者はなかったと聞いた。

＊

ソンナコトハトモカク、話は戻って。高校三年となり東京藝大を志望したが同校を目指して二浪中の兄と受験が重なり、父は私の藝大受験を許さず、兄も心配して、同じ国立大でデザインを学べる東京教育大を教えてくれた。

幸い兄も私も合格したけれど、藝大と教育大では、環境も設備も教授陣も学生レベルも格段に差があり、教育大にはそもそも実習室さえなく、総合大学の教育学部のほんの一部ではとてもダメ、やはり専門の美大でなければと落胆。授業はプロのデザイナーを目指すには全く役に立たず、自分で勉強するしかないと覚悟を決めた。

その不安は学外に向かった。通学途中の新宿でいつも降りてしまい、できたばかりの紀伊國屋《きのくにや》書店などに行く。当時の新宿は演劇、映画、美術、デザイン、写真、舞踏、ジャズなどアンダーグラウンド前衛芸術の拠点として疾風怒濤《どとう》の時代でその洗礼を受け、赤坂にできた草月《そうげつ》会館では最先端の前衛芸術の催しが連夜のようにあり、そこにも通う。そういう芸術の動きをグラフィックデザインが形にしているのを見て、それを仕事に選んだことに確証がもてた。後に資生堂のデザイナーになり、いろんな同世代作家が同じ体験を経てきたと知る。

見るだけではダメだと、下北沢《しもきたざわ》の小さな下宿で自主制作に没頭した。当時は木枠パネルにケント紙の水貼りから始め、絵も図形も文字も、すべてポスターカラーによる手描きだ。筆で平面を色ムラなく塗る技術、烏口で同じ幅の線を等間隔に何十本も引く作業などは、今ならパソコンで数秒だが、すべては息を詰めた手作業。最後にポタリと絵の具を落としたりしたらすべておじゃんだ。文字ももちろん手描きで、「S」など曲線がいちばん難しく、ただ「根気」、根気のみが作品を完成させた。

そうして作った作品は未熟でも、まさに私のアイデンティティたる青春の苦闘の記録だ。手描きのB全（1030×728㎜）紙は、大型マップケースで大切に保存し続けた。

しかし本人にしか価値のないものゆえいずれは処分だ。それらを図録で残すことを思い立ち、高校三年時の作品、映画『禁じられた恋の島』ポスターや、資生堂入社試験の制作課題の一つだった「包装紙」、卒業制作のシリーズ連作もおさめ、『太田和彦／学生時代の作品』として百部作り、迷惑を承知で知りあいに勝手に送ったりしたから、どなたかが保存してくれるかもしれない。

わが人生で最も大切なものを形にして、本当に肩の荷が下りた。これでいつ死んでも大丈夫だ。

上は高校三年の作品、下は卒業制作の一部

わが町、下北沢

個性的な店や劇場が独特の文化を作っている下北沢に、二〇〇〇年を過ぎた頃、マッカーサー道路のような戦後遺物の道路計画を復活させ、環七なみの大型道路を通して分断、小田急線を地下化して駅前を大型バスロータリーにするという東京都の計画を世田谷区が発表すると、商店会役員や町会長など少数のみを住民意見とした進め方に反対運動が起きた。

二〇〇三年に立ち上げた「SAVE　THE　SHIMOKITAZAWA」は街頭活動やデモで多くの賛同を得たが区は一切無視。二〇〇五年、大木雄高《ゆたか》を代表とする「下北沢商業者協議会」の地権者たる商業者百五十一連名による交渉を求めるも同様拒否され、二〇〇六年、区は都市計画審議会で意見操作が行われた住民要望書をもとに案を採決。誰のためか全くわからない決定に、住民は原告団を組織して行政訴訟に踏み切る。

膠着《こうちゃく》を劇的に動かしたのは二〇一一年・世田谷区長選に立候補した元衆議院議員・保坂展人《のぶと》だ。「区長とは住民の代表ではなかったでしょうか。それとも石原都知事の指令のもとに動く管理職なんでしょうか。この八年、住民代表の顔が見えなかった町を、このまま死なせてよいのでしょうか」と計画反対を訴えた。

当選した新区長は、大木ら「下北沢商業者協議会」が立ち上げていた下北沢を考えるシンポジウム「ＳＨＩＭＯＫＩＴＡ ＶＯＩＣＥ」に単身出席して自己紹介。以降毎回、柄本《えもと》明、坂手洋二、渡辺えり、ケラリーノ・サンドロヴィッチ、流山児祥《りゅうざんじしょう》、宮沢章夫、本多一夫ら下北沢演劇人、松原隆一郎、宮台真司、小熊英二、國分《こくぶん》功一郎、柳田邦男、佐高信《さたかまこと》、松尾貴史ら文化人と並んで意見交換、音楽家・大友良英《よしひで》の「シモキタはアングラカルチャーの世界的宝庫」に耳を傾ける。招かれた元国立市長・上原公子《ひろこ》は「下北沢はいつも市民がバックに控えている力強さがうらやましい」と語った。

また大木は「論より証拠」と、討議の後はリリー・フランキー、近藤等則《としのり》、坂田明、田中泯《みん》、黒田征太郎、立川志の輔らによるパフォーマンスを続け、アーチストが好む町の力をみせた。

そして二〇一六年、裁判所の和解勧告を、東京都・世田谷区・原告（「行政訴訟の会」「下北沢商業者協議会」ら）の三者は受け入れ、決定は見直され、今後は両者協議の上進めることになった。

＊

「やあ、太田さん」

大木さんは淡々といつもと変わらない。私は十八歳で上京して下北沢に住んで以来わが町とし、老舗ジャズバー「レディジェーン」のマスター・大木さんとは旧知で「ＳＨＩＭＯＫＩＴＡ ＶＯＩＣＥ ２０１９」の第一日「路地文化としての演劇と音楽の街～その軌跡と再開発の行方」に、下北沢の歴史研究家・きむらけん氏、映像作家・萩原朔美《さくみ》氏、映画監督・青山真治氏とともに呼ばれた。

数日前、勉強しておけと渡された、きむら氏による「下北沢文士町文化地図」に目を見張った。斎藤茂吉、横光利一、萩原朔太郎、森茉莉《まり》、石川淳、坂口安吾、田中英光、田村泰次郎、大岡昇平、井上友一郎、宇野千代、安岡章太郎、中村草田男《くさたお》、林芙美子《ふみこ》、小田実《まこと》、中山義秀《ぎしゅう》、日野啓三、三好達治、網野菊、中村汀女《ていじょ》、宮脇俊三……。下北沢にはこんなに著名作家が住んでいたのか。

下北沢研究は続いている

萩原朔太郎の孫である朔美氏は幼い頃、森鷗外の長女、森茉莉宅によく遊びに行き、超俗の気品と格に圧倒されたともらす。きむら氏によると、文士村も、田端《たばた》は芥川龍之介、馬込《まごめ》は尾崎士郎、阿佐谷は井伏鱒二のように中心人物がいて交流も盛んだったが、下北沢はそういう動きはなかった。

青山真治氏の、集まっても徒党を組まないのが特徴かもしれないの言に、大木さんはその淵源《えんげん》は井《い》の頭《かしら》線と小田急線の斜め交差による三差路、五差路が、自動車が入りにくい路地文化、人との出会いを作ったと解釈する。「居酒屋は文化を生む」が持論の私は、新宿ゴールデン街は真正面から議論を闘わし、下北沢は第三の人物がいることが論を深めるとの説を開陳。

今日は文化論でおだやかだが来週は保坂区長を迎え「〈和解〉から〈協働〉へ、その現在と未来」と本題だ。地下化を終えた小田急線跡地の使用法に住民の意見が充当されているとは言い切れず目が離せないと言う大木さんの、穏やかに確実に底力を固めてゆく姿勢、そして保坂区長を応援する。

私見だが跡地は下北沢文化をさらに深める「広場」が良いのではないか、最近多い欧米人のパフォーマンスや露店市など面白そう。間違ってもどこにでもある高層ホテルやショッピングセンターにしてはならない。わが町シモキタの文化を守れ。

納涼俳句会

夏本番に納涼俳句会。わが「東京俳句倶楽部《くらぶ》」は毎月一回、新宿の某料理屋で句会を開き、今回は私も入れて男六人・女三人。もう三十年以上つとめてくださる書記嬢の筆硯《ひっけん》短冊も整い、月幹事によるお題が張り出された。

「百合《ゆり》」「夏休み」

「穴子」「扇風機」

百合だけは先月例会で次回宿題と決められ、届いた案内状は夏の季語と解説あり〈……ヤマユリ、クルマユリ、ヨシナガサユリ、などがある〉としゃれている。

さて、うーん、う〜ん。

投句締め切りまで一時間半。時間はたっぷりありそうだが、前菜から始まる料理に「おれビール」「私、明るい農村のお湯割り」と一杯やりながらのうえ、「オリンピックの入場券当たった」「へえ、競技なに？」とか無駄話。「穴子は白焼きに山葵がうまい」「いや、酒の肴なら煮こごりだよ」と、その題材で詠もうかと思っていたアイデアが口に出されてしまい使えなくなる。と思いきや最近好調の若手の彼は三十分ほどではやくも四句とも投句し、「今回で年間優勝を決める」と豪語。「早い投句に限って……」の陰口にもせせら笑いの自信だ。

軽口たたいていたがそろそろまとめねばと、置かれた季語集や辞典にあちこちから手がのびる。

できあがった私の句は、

少年に高貴教えし山の百合
夏休みボール蹴り上げ空の上
法事終え穴子弁当黙しつつ
扇風機黙る二人に風おくる

俳句は不思議なもので、これで良いと投句の決断をした直後に別アイデアがわき、

ビール飲みながら呻吟

あわてて作り直し、それがうまくゆくときもあれば失敗もある。夏休み句は下五を「ひとり追う」で作っていたが思いつきで「空の上」に差し替えて失敗したか……。

＊

今や俳句は国民的人気。わが句会には「伊藤園　お～いお茶・新俳句大賞」の選者をつとめる方もいて、大変な作業なのだそうだ。人気のテレビ番組「プレバト!!」は、夏井いつき先生の、作句のアイデアを尊重しつつ、より明確にする添削は大いに勉強になる。何より常連にぴしゃりと言い切るのが痛快で、むくれた作句者もその直しには一言もなくうなだれるのがおもしろい。

投句後は書記による清書が張り出され交替で読み上げる。俳句は耳で聞くことも大切だ。そこから自作以外の良句を、天・地・人・客（五句）と八句、順位づけて選句投票。天五点・地三点・人二点・客一点として得点を算出し、歳末十二月には年間最高得点者に「芭蕉《ばしょう》杯」を贈る。やはり巧者はいて数度受賞者も多いが、私は一度もいただけておりません。

投票を終えると一人ずつ順番に選句を読み上げ、そこで作者が名乗る。私は「七《しち》星《せい》」。

出ない……。

四、五人進んでも読まれないとヒジョーに不安になり、茶々入れていた言葉も少なくなる。こりゃ零点か、実際屈辱の零点の日もあった。句会がおもしろいのは如《い》何《か》にベテラン、プロといえども選ばれないときは選ばれないところ。年一度開かれ私も末席を汚している、雑誌『銀座百点』主催の、久保田万太郎があの名句〈湯豆腐やいのちのはてのうすあかり〉を詠んだ「百点句会」も、並み居る錚々《そうそう》たる俳人の句が選ばれないのはふつうで、本人も「句会とはそういうもの」と恬淡《てんたん》だ。

しかしわが結社は恬淡とはほど遠く、読まれない者（オレ）の「みんな俳句がわかってるのかね」の怨嗟《えんさ》の独り言がちょろちょろと。

「少年に高貴教えし山の百合」

おお！　出た、わが句だ。

「し、七星」と喜びの名乗りで態度一変、幼いころ住んでいた木曽谷の風景を詠んだ。俳句がわかってるじゃないか。

多数が選んだ本日の人気二句は艶っぽい。

百合の香にすべてゆだねる夜もあり
赤い爪足で向きかえ扇風機

全選句を終え注目の順位発表は下位から。呼ばれた者は「勉強しまーす」と声小さい。私は計十五点、九人参加の四位だからまあまあか。優勝は本誌「サンデー俳句王」でおなじみの戸田菜穂《なほ》さん。天三、地二、人二、客七、合計三十二点はさすが。天句は短冊に清書され景品が添えられる。

短冊三本となった〈赤い爪足で向きかえ扇風機〉に「足で扇風機うごかしちゃダメじゃん」「いいの、子供も真似してる」とご機嫌で帰られた。

私も一本、扇風器句を天に選んでもらえ、景品に駿河《するが》湾の桜海老せんべいをいただいた。短冊はしばらく玄関に飾ろう。

信州の夏休み

猛暑の東京を避けて夏休みをとり、信州に住む妹一家を訪ねた。

長野県東筑摩郡山形村は、上高地《かみこうち》から野麦《のむぎ》峠を経て飛騨高山《ひだたかやま》に至る山並みのふもとだ。スイカやアスパラ、りんご、山芋など農業が豊かで、松本市の広域合併（槍《やり》ケ岳《がたけ》や穂高岳《ほたかだけ》も松本市）にも加わらず独立行政を守っている。長野県教員だった私の父は山形村小学校長を最後に退職して家を建て、郷土史や道祖神研究などにうちこみ、病院ではなくこの家で亡くなった。そこを建て直して妹一家が住んでくれている。庭には村の方が建ててくれた道祖神がある。

家の畑にはトマトや茄子《なす》、ピーマンや巨大な白瓜がぶら下がる。共働きしていた妹夫婦も、今はたまの畑仕事くらいだ。

昼の散歩に出ると、野も畑も山も見渡す限り圧倒的な夏の緑だ。青々とした田んぼの揺れる稲穂で風が見え、爽やかな緑の気を運んでくる。これこそ信州の夏。

紺碧《こんぺき》の空に白雲が高く自由自在に動き、出穂《しゅっすい》の始まった稲を手に受けると重さがある。間の貯水池は蓮《はす》の大葉が重なり、巨大な赤い花を咲かす。果樹園の桃は収穫を終えたようで、樹の下にきれいな赤い一個が捨てられ落ち、拾って帰りたい。

小さな地区集会所を曲がった山手に一本道が延び、先は森に囲まれた古い神社だ。家を新築した年の大晦日、父とここに初詣をした。

立ち止まり振り返ると、傾斜して下る道の彼方には松本市街が遠望し、その先は美ケ原の連山。頂上の無線塔まで、目が百倍くっきりしたように隅々まで見える。

散歩についてきたのは妹の孫、はると（五歳男）と、うめの（三歳女）で、お盆で実家に里帰りしていた。買ってもらった捕虫網と虫籠を肩に「あ、いたいた」とトンボを追って田の畦《あぜ》にどんどん入ってゆく。いい眺めだなあ、子供はこうでなくちゃ。しかし素早い動きになかなか捕まえられず「かしてみな」と大きなオニヤンマを捕ると「すごいすごい」と大喜びだ。爺《じい》ちゃんはうまいんだぞ。

森閑たる神社の平舞台に上がったうめのは、どたどたと走り回ってごきげん、はるとはクワガタを探して杉林へ、私は古い神社の造作の細部を見る。

ああ、のびのびした。さあて帰るかあ。

＊

今夏の帰省の最大の楽しみは「はると」「うめの」の次に、この六月生まれた次男「しんた」とのご対面だ。おっとりした顔はなかなかハンサムで、私の家内は寝かせた側にぴたりと座って離れない。

こちらはちょいと昼寝と別室で横になったが、ふざけるチビ二人の、つねる、蹴る、またがるの猛攻に「よおし」と身を起こし、秋田のなまはげよろしく「泣ぐ子はいねが〜」と両手を上げて迫ると「やだー」と逃げ回り、回り廊下を逆から待ち伏せれば、さらにどたばた走り回る。孫たちのいる夏休みはこんなものだが、それがたまらなくうれしい。

夕飯は、妹、妹の娘、家内の女三人が手作りしていた餃子だ。満州で育った母は水餃子をよく作り、わが家のご馳走《ちそう》だった。

妹の主人は焼酎お湯割り。遅れてやってきた娘の主人は大の日本酒党で「今、長野県の酒は最高」と気が合い、今日も気鋭の銘酒を提げてきて「常温はよく切れ、燗するとふくらみますね」「うん、酸が立つな」と酒談議で呆《あき》れさせる。頼まれて持ってきた、私のテレビ番組で紹介した「うぐいす徳利」「うぐいす盃」に、ほんとに音がすると目を丸くする。

そこに妹の長男が、とても可愛く成長した中二の一人娘「りおん」を連れて車でやってきて、四人の孫をふくむ兄妹縁者十一人が全員そろい、これは写真を撮らねばとカメラを立てて自動シャッターと大忙しだ。

聞こえてきた音は村の花火大会だ。ここからよく見え「次は提供○○会社のスターマインです」などと解説あって、ぽーんぽーんと上がる。小さな村に花火大会の予算はなく、企業提供や、地区常会から一人千円くらいを集めての開催は、隅田川や長岡の豪華花火大会とちがい地味だが、それがのどかで良いではないか。会場には帰省した親戚や子供たちが浴衣《ゆかた》で集まっていることだろう。

「よし、爺ちゃんたちもやろう」と買ってきた花火を出すと子供は大喜び。家外の真っ暗闇に青や赤の火花を手で大きく回して白い煙をもうもうとさせ、地面に据えた太筒はしゅうしゅうと色を変えて噴き上げる。瓶に立てたロケット弾は空高くドーンと腹に響く音を鳴らし、揺らしちゃだめと手を握ってやった線香花火にじっと目を凝らす。

浮世の憂さをすっかり忘れた、これこそ夏休みだった。

網を手に走り回るチビ二人

有田焼を訪ねて

歴史四百年になったという有田焼《ありたやき》が大好きな私は、一度現地を訪ねたいと思っていた。

肥前《ひぜん》領主・鍋島直茂が朝鮮出兵のおり連れてきた陶工・李《り》参平は有田東部の泉山《いずみやま》で白磁鉱を発見、一六一六年、窯《かま》をひらいたのが有田焼の祖とされる。以来、肥前磁器は積み出し港の名から「伊万里《いまり》焼」と総称されてきた。

製法は当時中国から輸入していた景徳鎮《けいとくちん》磁器に影響された染付だ。染付は約九〇〇度で八〜九時間の素焼き後「呉須《ごす》」で図柄を描き、「濃《だみ》」で濃淡をつけ、釉薬《ゆうやく》をかけて焼くと白地に藍の図柄になる。以来、赤青黄緑紫などの色絵磁器、金彩の「金襴手《きんらんで》」など豪華絢爛《けんらん》となってゆく。

鍋島藩は日本唯一の磁器生産地として厚く保護の一方、技術流失を防ぐため職人の外部との接触を一切禁じた。しかし一八〇六年、瀬戸の陶工・加藤民吉が潜入に成功して技術は漏洩し、以降、瀬戸はじめ全国で生産が始まった。

伊万里焼は誕生してすぐ一六五〇年代にはオランダ東インド会社により中東・ヨーロッパに大量輸出されたが、一七一五年、徳川幕府により輸出は止《や》む。しかし維新後、明治政府によるパリ万博出品で世界最高の磁器として王室貴族に珍重された。私はかつて、有田の姉妹都市であるドイツ・マイセンの磁器博物館を訪ね、伊万里焼の名品が最高級の敬意をもって展示されているのを見た。

＊

有田町に入る手前の川の「くわこばはし」は、欄干に山水、柄模様などの有田焼がはめ込まれ、古いコンクリート橋のそこだけが藍色あざやかだ。

重要伝統的建造物群保存地区の有田町は、低い山にはさまれた盆地に一本道がゆるくカーブして続く。夏の午後に人影はないが、両側はどこも有田焼の店で、裏は窯場耐火煉瓦の赤く四角い煙突が立つ。脇小路の、耐火煉瓦廃材や破片を赤土で粗く塗り固めた「トンバイ塀」は抽象画のようだ。

私は陶器は興味がない磁器一辺倒。有田焼の魅力はずばり硬い白磁に藍一色の

「絵」にある。山水や蓬莱須弥山《ほうらいしゅみせん》、中国の賢人など画題はパターンがあり、画工が何百枚と描き続けた手だれの差異がおもしろく、今や手に入れた盃・徳利・皿小鉢は仕事場にあふれ、時おり飾って悦に入っている。

盃は何十年も毎晩（！）試し続けて結論が出た。土ものの陶器は酒の味をぼんやりさせるが、硬く薄い磁器は端正にさせる。形は筒形のぐい飲みは飲み干すときあおる形になって貧乏くさいが、浅い平盃は唇に当てて少し傾けるだけでスイと入ってゆき姿が美しい。

それが高じて盃を作るようになり、有田の「丹山《たんざん》窯」に制作をお願いし、見本ができたというので見に来たのだ。

「はじめまして、お世話になっています」「どうも遠いところを」

丹山窯は文化三（一八〇六）年創業、今年で二百十三年。迎えた社長・溝上さんは八代目で徳利・盃をおもにしているというのがうれしい。すでに机に私がデザインした試作品六つが並べてあった。

江戸っ子好みの単純な縞柄《しまがら》「江戸盃」。子持ち柄で伊達を気取る「伊達盃」。きりりと締めた男帯の「角帯盃」。月夜の雲間「月明盃」。五つ星の星座カシオペアの「五曜盃」。墨濃淡の「薄墨盃」。

絵付け、よろしくお願いします

量産して大勢の酒飲みに使ってもらいたいので、できるだけ作りやすそうな柄にしたつもりだが、どういうのが簡単、あるいは面倒かがわからないでいたので現場訪問を楽しみにしていた。絵付けをされているベテラン女性山口さんの隣で、土色の素焼きに細い面相筆で呉須の線を引く手先を見る。筆は固定し盃を伏せて一回りさせる横線は安定するが、縦線は神経を遣うそうだ。濃淡をつける濃はどの程度にするかに悩むという。すべて手描きゆえ多少のバラつきは出る。しかしそこが面白い。

薄墨盃の見込み（内側）に同心円を何本も連ねるのは案外ラクというので、かねて思っていた、同心円の間隔が次第に広くなって盃の深さを強調する線をおそるおそる提案すると「やってみます」とありがたいご返事だ。

仕事場は広く、奥にはさまざまな徳利や盃、小皿が無造作にほこりをかぶって私には宝の山だ。あれこれを手に取っていると、山口さんが今描いた新しい線引きのを持ってきた。「これです！　これを作りたかった」の声に山口さん、社長さん、奥様の三人が笑う。

「ではよろしくお願いします」と辞して、李参平を「陶祖」と祀る「陶山《すえやま》神社」に行った。祠《ほこら》の先は有田焼の出発となった白磁鉱の泉山で、大きな山一つが削られ尽くした大断崖がそびえ残る大空間だ。そこに到《いた》る小道は皿や盃の細かな破片が敷き固められ、どこまでも美しいモザイクを描く。

それは大地から生まれて大地に還《かえ》る姿だった。

パリとハリウッド

八月は映画館に通い詰めだった。一つは恵比寿《えびす》ガーデンシネマ「ゴーモン　珠玉のフランス映画史」。ゴーモンはパリに一八九五年から続く世界最古の映画制作会社で、その百二十年の二十六作を回顧。もう一つはシネマヴェーラ渋谷「名脚本家から名監督へ」。ビリー・ワイルダー、ジョセフ・L・マンキウィッツ、プレストン・スタージェスを中心に五週間、三十五本の特集。

映画を誕生させたパリ、産業として量産したハリウッドの二大特集にこれぞ映画史を補完する絶好の機会と、仕事を入れずがんばって二十七本を観た。

フランス映画史は、かつて高校の文化祭で観て憧れたルネ・クレール監督『リラの門』に六十年ぶりにご対面。感動した部分をよく憶えていて〈映画は二度観てこ

フランスの映画ポスターはすばらしい。
これは『裁かるるジャンヌ』

そ〉を再認識。『巴里祭《パリさい》』はパリの洒脱と粋を存分に味わう。

処女作『最後の切り札』や『エドワールとキャロリーヌ』、傑作『現金《げんなま》に手を出すな』で好きになったジャック・ベッケルの『幸福の設計』は、愛し合う共働きの若夫婦が宝くじに当たり、の顛末《てんまつ》を描くこれぞパリ下町の映画でハッピーエンドがうれしく、『七月のランデヴー』『怪盗ルパン』にさまざまな作風のテクニシャンと知る。

超名作『快楽』の名匠マックス・オフュルスの『たそがれの女心』はベル・エポックの上流社会を舞台に流動を続けるキャメラが華麗。『明日はない』は凡作。高崎俊夫氏の名著『祝祭の日々』（国書刊行会）で紹介されていた、戦前のパリ社交界に君臨し華麗な男性遍歴で知られた声楽家・田中路子《みちこ》主演、日本公開では国辱映画といわれた『ヨシワラ』は行けず残念無念。

収穫は念願だったサッシャ・ギトリの『とらんぷ譚《たん》』で、激賞するフランソワ・トリュフォーは自らの『突然炎のごとく』で同じ話法を使ったと知った。

劇場ロビーのポスターがすばらしい。映画ポスターはスター中心主義の通俗が好みで、世評たかいポーランドのものなどは作品を解釈しすぎと思うが、さすが芸術の都フランスのは別格だ。この本が出ないかな。

＊

一方、ハリウッド。ビリー・ワイルダーの悪女もの『深夜の告白』は再見して傑作を確認。初見の『第十七捕虜収容所』も傑作で、後の『大脱走』など収容所脱走ものはすべてこれのリメイクと言えるか。『熱砂の秘密』はロケセットが巧み。『地獄の英雄』は野心ある新聞記者が絶好の特ダネを国民的事件化してゆくアメリカらしい話。ナチスを逃れてアメリカに亡命して監督となったワイルダーが、戦後間もない一九四八年、故国ベルリンで撮影した『異国の出来事』は、現地米軍の素行調査に来たお堅い女性議員は、反ナチ化局の大尉と元ナチの歌姫（マレーネ・ディートリッヒ）がつきあっているのを知り……。猛爆で廃墟《はいきょ》と化した実景に粛然。ラブコメながら、イタリアン・リアリズムの雄、R・ロッセリーニと比肩するワイルダ―版『無防備都市』だった。アカデミー賞多数の『失われた週末』はアル中のテーマが辛《つら》そうで割愛とは根性なし。

名編『三人の妻への手紙』が忘れられないジョセフ・L・マンキウィッツの『幽霊と未亡人』は、ロマンチックなスリラーファンタジーという珍しい分野で、無理のある設定に真実を感じさせる語り口のうまさが感動をよぶ。『うわさの名医』は、いつもダンディなケーリー・グラントが、こうあってほしい魅力全開。『記憶の代償』は、複雑な人物配置がよくわからず困ったが、超シャープな白黒画面は美しく、私の好きな都会の寂れた波止場が登場。『復讐鬼《ふくしゅうき》』はごひいき男優リチャード・ウィドマークがまだ初期の悪役で、皮肉な薄ら笑いを満喫。

私の今回の目玉はプレストン・スタージェス。再見した『サリヴァンの旅』は、冒頭の字幕〈この映画をすべての道化師、喜劇役者に捧げる〉がラストシーンで意味をもつ感動に、さらに胸がいっぱいになる。待望の『パームビーチ・ストーリー』はプレストン調満開のおしゃれなロマンチック・コメディ。『凱旋《がいせん》の英雄万歳』は得意のオーバーシチュエーションをうまくまとめてさわやか。『七月のクリスマス』はやや安易。再見の『レディ・イヴ』はヘンリー・フォンダが暗く評価下がる。スタージェス作品は、大声でがみがみ怒鳴るウィリアム・デマレストなど、脇役が常連でかためられていることも知った。

三監督とも脚本家出身だけに、まず面白い物語を考案し、それを回想形式、倒叙法、ナラタージュなど話術の巧みさで見せるところが共通していた。

通った作品群は私の映画観をとても豊かにしてくれた。

晩夏のカレーうどん

朝、目覚めると蟬《せみ》しぐれがにぎやかだ。私の寝るのはマンション三階の角で、地面からの高い樹が囲み、枝の野鳥がすぐそこに見え心なごむ。窓の網戸に蟬が留まっていることもある。甲子園の高校野球が終わると、夏も峠を越した気分になる。それも過ぎて朝夕はしのぎやすくなった。晩秋の十一月と、晩夏の頃の静かな東京が好きだ。今日は出かけず、仕事場でのんびりしよう。

いま七十三歳。「人の一生を一日に例えるには年齢を三で割る」という説を聞いた。人生開始の二十一歳なら午前七時、働き盛り三十六歳なら正午十二時。なるほど。では七十三歳は。なんと二十四時を過ぎている、すでに死んでいる……。

死んでいるならもう働かなくてもいいや。仕事場の本の片づけでもするか。

本は買うばかりでちっとも読まず、たまる一方だ。

まず映画本。『無明　内田吐夢《とむ》』(河出書房新社)は、意欲的に映画研究執筆を重ねる四方田《よもた》犬彦氏の最新作。大部の『映画監督　溝口健二』(新曜社)、『ルイス・ブニュエル』(作品社)もぱらぱらとしか開いておらず、いずれきちんと取り組まなければ。

『加藤武　芝居語り』(筑摩書房)の著者・市川安紀《あき》さんは私も手伝った新劇俳優のインタビュー連載をしていた方で楽しみ。しかも大好きな加藤武、いろんな話が出てきそうだな。

『異能の日本映画史　日本映画を読み直す』(彩流社)の木全《きまた》公彦氏は日本映画資料読み込みの第一人者。「清水宏をめぐる三人の監督」から読もう。

『町山智浩・春日太一の日本映画講義』(河出新書)は、精力的に娯楽映画の旧作論考を続ける春日氏と、大昔に雑誌『映画宝島』(創刊準備号であえなく廃刊。でもこの一冊はケッ作)を私と作った町山氏との対談で、アカデミックな映画研究とはちがう丁々発止がおもしろい。

好きなジャンルの一つは音楽本、特に歌謡曲歌手の伝記は欠かせず『上海帰りのリル　ビロードの唄声　津村謙伝』『星かげの小径《こみち》　クルーナー小畑実伝』(ともに飯島哲夫著／ワイズ出版）、『ちあきなおみ　喝采、蘇《よみがえ》る。』（石田伸也著／徳間書店）、『「黄昏《たそがれ》のビギン」の物語　奇跡のジャパニーズ・スタンダードはいかにして生まれたか』（佐藤剛著／小学館新書）は、どれも大好きな歌手で、読み終えたらきっと私の編集した五枚組CD『いい夜、いい酒、いいメロディ　魅惑の昭和流行歌集』を聴くだろう。

『音楽放浪記　日本之巻』（ちくま文庫）の帯文は《《東京》が生んだ傑出した知性・片山杜秀《もりひで》が放つ圧倒的な音楽評論集　サントリー学芸賞、吉田秀和賞W受賞》。映画音楽から発想した、じつに私向け（と言います）の一冊だ。

音楽本には歌詞を読む楽しみもある。『思い出のメロディー　昭和編』（成美堂出版）は、ヒットしなかった古い曲に味わいが。

七ツ八ツから　容貌《きりよう》よし
十九　二十《はたち》で　帯とけて
解けて結んだ　恋衣《こいころも》
お駒才三《さいざ》の　恥ずかしさ
お駒恋姿／昭和十年／作詞・藤田まさと。三番はどうなるか。
恋と義理との　諸手綱《もろたづな》

引かれて渡る　涙橋
風にすねたか　黄八丈
袖に崩れる　薄化粧

……いいなあ。

読むだけではない、見る楽しみもある。作家・川上弘美さんが古書店で見つけて送ってくれた『昭和歌謡レコード大全』（白夜書房）は三百ページにわたりオールカラー、歌手別にシングル盤ジャケット写真を集大成した一冊で、よくこんな本があったと随喜した。三人娘もの「山のロザリア／スリー・グレイセス」「黄色いさくらんぼ／スリー・キャッツ」「イヤーかなわんわ／トリオ・こいさんず」のキュートなことよ！

＊

片づけられずつい開いていたら腹が減った、お昼にしよう。

私は仕事場でいつも自炊。主たるは麺で、うどん（徳島半田《はんだ》／五島うどん）、そうめん（半田／三輪）、ラーメン（大阪・カドヤ食堂）、蕎麦（信州山形村道祖神そば）、パスタ（ディ・チェコの10番と11番）は常備してある。今日はカレーうどんにしよう。麺はそうだな、使わないでいた長崎島原《しまばら》産手延べうどんが平打ちで良さ

お昼はカレーうどん。水を添えて

そうだ。

カレーうどんは、出汁《だし》やスパイスに凝ったりしない平凡な味が身上。市販のめんつゆで汁をつくり、豚肉こまぎれと長葱を煮て、カレールウを溶かしてやや煮込み、水溶き片栗粉でとろみを。うどんを茹でて丼に盛り、おつゆをかければ出来上がり。

ズスー、ズスー……。

食べ終えて水一杯。ああうまかった。

銀座散歩

半袖に当たる風が気持ちよくなり、どこかに出かけたくなった。

銀座に行こう。私は銀座が大好きでそこの会社に二十年通った、わが町感もある。

地下鉄銀座駅を上がった和光の時計塔は十時過ぎ。午前中の通りは仕事のお勤め人らしきばかりで、きょろきょろ立ち止まる人はなく、店もまだ開店準備だ。

はやく来たのは角川シネマ有楽町の特集「市川雷蔵祭」の十時半開映のため。ビル八階、チケット売り場の長蛇の列は老人ばかりで、オンラインチケット自動発券機に立つ人は誰もいない。年寄りはなにごとも遅いのをじっと待って入場。今日は長谷川伸《しん》原作の股旅もの『中山七里』(一九六二年)。

――江戸深川木場《きば》の気のいい川並・雷蔵が一目ぼれで夫婦約束した中村玉緒は、

木場の元締に辱められて自害。雷蔵はぐるの悪役人に斬りつけて追われる身となる。渡世人となって来たのが中仙道《なかせんどう》・中津川。私は幼少時住んでおり、おお地元と一ひざ乗りだす。

賭場でだまされた若い男の許婚《いいなずけ》が中村玉緒とうり二つ（二役）であるのに驚き、三人で飛驒高山に向かう。その美濃《みの》からさかのぼる街道の難所が「中山七里」。かつて高山行きの車窓から飛驒川の深い渓谷を見ており、同じ風景のロケに、こうだったなあと思いだす。追ってきた悪役人一行を斬った雷蔵は玉緒への思いを……。

清潔にして粋、めりはりの効いた適確な演技。雷蔵作品を山のように観ているがすべてよくできているのは、雷蔵は映画作りが好きで、十分に監督と意見をかわして互いに納得し、撮影ではその通りにするゆえだ。

始まってすぐ、玉緒の酌で雷蔵が盃を運ぶカットがあって「おお」とにこにこ。映画俳優で最も盃の扱いが美しいのが雷蔵。眠《ねむり》狂四郎シリーズには必ずある、いずれこれも観に来よう。

満足して外へ。秋の気配の銀座の街は生き返ったようで、並木通りはラグビーワールドカップの旗が並ぶ。昼は天丼にしよう。

資生堂に勤めていた四十年も前に開店した「天亭《てんてい》」の天丼は値段は高いがとても

「天亭」の天丼、おいしかったです

おいしかった。

「こんちは」「いらっしゃいませ」

フロアの奥様が見覚えのあるという顔をされるので、昔ときどき来ましたとご挨拶。天丼は三〇〇〇円になっていたが変わらずおいしい。名店「天一《てんいち》」から独立された主人の後を古くからのお弟子さんが継いでいるそうだ。食べ終えて箸を置くのを見て「お腹いっぱいになりましたか？」の台詞《せりふ》は先代と同じだ。はい、いっぱいになりました。

＊

午前中のうちに映画を一本、そして銀座で昼をすませて帰るのはたいへん能率がよく、翌日も出かけた。

今日は泉鏡花原作の芸道もの『歌行燈《うたあんどん》』（一九六〇年）。

——観世《かんぜ》流謡名家の御曹司・喜多八は、旅先の古市で父の芸を侮った高慢な盲目の謡曲師・宗山の鼻をへし折り自害させ、父から勘当される。門付《かどづ》けに身を落として流浪のうち、芸者となった宗山の娘・お袖の逆境を知り、罪滅ぼしに舞を教える。あるとき桑名《くわな》を訪れた父は偶然、その舞を見て愕然《がくぜん》とする……。

『歌行燈』は昭和十八年、成瀬巳喜男《みきお》監督の名作があり、花柳《はなやぎ》章太郎・山田五十鈴《いすず》に、父とその相方は大矢市次郎・伊志井寛《かん》の新派コンビ。十七年後のこちらは市川雷蔵・山本富士子に、柳永二郎《えいじろう》と信欣三《しんきんぞう》。柳永二郎は前作にも脇役で出ていたが、芸道ものに欠かせない風格ある存在感の役者たちが美男美女を引き立てる。

カラー・ワイドとなった本作は美術に凝る衣笠貞之助《きぬがさていのすけ》監督ゆえ、明治の町並み、幾間も続く室内、庭などのセットはまことに見事で、特にうるさい造園は庭から大枝越しに部屋を見る得意の構図が頻出する。一方、あばら家の安宿もそのように凝り、破れ窓から覗《のぞ》き映す零落した二人がいい。

名家ゆえの芸の自信が、それゆえに失わされた雷蔵の、落ちぶれながらも保つ気品。最も重要な終幕の死を覚悟したお袖の舞は、山本富士子の凜《りん》とした気迫に満ちてまことにすばらしかった。山田五十鈴もそうだったが、昔のスターは芸があったなあ。

さて今日は八丁目の、これも現役時代に通った中華「維新號」で〈海老と川海苔チャーハン〉一六〇〇円にしよう。黄色の玉子に川海苔の緑が美しく、大きな剝《む》き海老が六本も入ってたいへんおいしい。楊貴妃《ようきひ》が好んだというデザートのライチもいつもどおり。

元気なうちが花、食べられるうちが花。銀座でお昼は贅沢《ぜいたく》だが、もうすぐ後期高齢者、出歩けるうちにプチ贅沢しておこうという気持ちだ。いつもは自炊のカレーうどんだし。

浪曲の深みへ

六月、渋谷ユーロスペースで五日間「浪曲映画——情念の美学」として、映画上映、浪曲口演、シンポジウムの催しがあった。

浪曲映画とは、トーキーになった映画が当時人気のあった浪曲を取り入れたもの。嚆矢《こうし》は一九二八年のラジオ全国放送化とSPレコードの普及で大ブレイクした寿々《すず》木米若《きよねわか》「佐渡情話」を映画化した『新佐渡情話』（一九三六年）で、今般見つかったフィルムの八十三年ぶりの上映を観た。タイトルに続いて演台に立つ寿々木米若が話を進めると紹介される。

——娘を産んで家を出た妻の消息を尋ね娘連れで佐渡に渡った父は死に、娘は貧しい家に引き取られて育つ。やがて家の息子と心を交わすが、捨てた母は新潟の大《おお》店《だな》におさまっていると知る……。

チラシのキャッチコピー〈風景に節《フシ》が流れると、情景になる。〉の通り、節目に印象的な風景を入れて浪曲をかぶせるのは、今の映画の、山場の後に風景ショットを映してテーマ音楽を朗々と流して情感をもりたてる手法と同じだが、こちらは例えば〈あわれ娘の運命や如何《いか》に……〉と語りのあるところがわかりやすい。

昭和初期の佐渡ケ島、あまり映りのよくない白黒画面は、義理人情を行動原理とした「大過去の心情の原風景」、今なら不合理と思える価値観や心根が、当時は当たり前だったとわからせる。

大衆に人気の浪曲＝浪花節《なにわぶし》は、近代的自我をめざす知識人の夏目漱石や芥川龍之介、永井荷風らに、否定すべき通俗価値観として「浪花節的」と軽蔑否定された。しばらく前まで「そんなナニワ節的なことを言ってたら何も解決しないよ」は普通の会話だった。

ナニワ節的で悪いか！

江戸期は「義理はそうでも」と最後は人情が救う人情噺《ばなし》が人気。近代の「義理と人情の板ばさみ」は通俗小説の格好の題材に。昭和戦後は〈義理と人情を秤にかけりゃ、義理が重たい男の世界〉（唐獅子牡丹）と義理が重くなる。

そして今は言葉そのものが消滅、残ったのは……損得ですか。昔は損得だけでものごとを決めちゃいかんと言われた。今やもう、上から下まで……。

催しの上映映画は十五本。

まずは代表『赤穂義士《あこう》』。定番の笹川繁蔵・飯岡助五郎の抗争「天保水滸伝《すいこでん》」は東映オールスターお盆映画『決斗《けっとう》水滸傳　怒涛の対決』。飯岡一家に追われる番場の忠太郎が生き別れた母を捜す『瞼《まぶた》の母』は中村錦之助が名演。飯岡にわらじを脱いだ座頭市と笹川の用心棒・平手造酒《みき》（絶品）の対決が『座頭市物語』。がんじがらめの世の中を捨てた仲間の意気軒高を歌にのせて綴《つづ》るのが、大好きな「次郎長三国志」シリーズ。タイムスリップ異色作『續《ぞく》清水港』は森の石松・金毘羅《こんぴら》参りで石松の片岡千恵蔵につきあった広沢虎造が一節うなる。捕物『銭形平次捕物控　地獄の門』は長谷川一夫。『母千草《ははちぐさ》』『呼子星《よびこぼし》』の母ものも浪曲の範疇《はんちゅう》だ。

手だれの監督・マキノ正博と名脚本家・小國《おぐに》英雄の『世紀は笑ふ』（一九四一年）は現代もので、本職浪曲師がうなる銭湯脱衣場よりも、奥の風呂でうなる素人《しろうと》に人が集まる出だし。広沢虎造演じる素人がプロ浪曲師になる話で、私の大好きな杉狂児、轟《とどろき》夕起子がうれしい傑作。今年伊丹十三《いたみじゅうぞう》賞を受賞された女性浪曲師・玉川奈々福嬢が観客席に居られ、その後のシンポジウムで「号泣しました」と発言したのが印象的だった。

＊

浪曲への思いがつのり、じっくり聴きたいと思っているとき奈々福嬢が、名浪曲師・国友忠《ただし》の長編「銭形平次捕物控・雪の精」前後編百分を一挙口演すると知り、江東区《こうとう》カメリアホールへ。

「待ってました！」の声が迎えた舞台の達筆の演台架布〈贈　野村胡堂《こどう》　國友忠君江〉は、国友の最後の弟子だった奈々福嬢がもらい受けた遺品。今年は国友忠生誕百年。二〇一〇年に初めて演じたこれを再びやりたいと、国友の相方曲師を三十年つとめ、いま奈々福嬢の相方であるベテラン澤村豊子に申し出ると目に涙を浮かべたという。

迎えた今日、大銀屛風二双を背に着物も初演に誂《あつら》えた黒と銀の「雪南天」。師匠に捧げる並々ならぬ決意がみなぎる。

〽紫匂う大江戸の　しかも神田に過ぎたるものは　神田祭と銭形平次　しんしんと雪降り積もる冬の夜……。

非道な高利貸の命を狙って現れる足跡のない雪女。この不思議な事件を平次はどうさばく。

今こそ浪曲の義理人情を！

満員の客は静まりかえり、終えると割れんばかりの大拍手。

奈々福嬢自ら筆をとった、今日これを演じる意味を述べた長い「ご挨拶」チラシの最後は〈この物語に流れるような「情」が、世の中に、人々の心の中に、再び育ってくれますようにと祈りつつ〉と結んであった。

音楽の日々

秋深まれば音楽シーズン。世界で最もクラシックを聴くのはイギリスだそうで、季節のよい夏は毎日のように野外演奏会がひらかれ、若い人は芝生に寝ころんで何時間も聴いているそうだ。

昔ロンドンでロイヤル・アルバート・ホールを見つけて、ここが夏恒例のＢＢＣプロムナード・コンサート（ザ・プロムス）の会場かと感慨がわいた。八週間連日異なるプログラムが続く最終日はイギリスの国民的作曲家エルガーの「威風堂々」で締めくくるのが恒例。一九七一年録音の『プロムナード・コンサート／指揮＝コリン・デイヴィス／ＢＢＣ交響楽団』は、わくわくする前奏主題の後、挿入歌「希望と栄光の国」に至り指揮者が振り返るや否や、待ち望んでいた聴衆が一斉に歌い始める熱狂がすばらしい。

私はイギリスの作曲家が好きでヘンデルの「合奏協奏曲」「水上の音楽」などは、ただただ音の連続を楽しんでいるような透明感がいい。夏によく聴くのがフレデリック・ディーリアス（一八六二〜一九三四）だ。「ブリッグの定期市：イギリス狂詩曲」「河の上の夏の夜」は、イギリス田舎の夏の朝の清澄な気分が印象派風にただよう。私の持つ盤の、今世紀最大のイギリスの指揮者サー・トマス・ビーチャムは一九〇七年にディーリアスに会って感銘を受け作品普及に努めたという。

イギリスではないが、シューマンのロマンチシズムが好きだ。大指揮者レナード・バーンスタインはシューマンを好み、晩年の日本公演でもとりあげた。四作ある交響曲の第一番「春」や第三番「ライン」が始まると「さあこれを聴くぞ」と気持ちが入り、最後まで耳を離させない。私のごひいきのアルゲリッチ（p）とクレーメル（v）による「ピアノ協奏曲」「ヴァイオリン協奏曲」はともにアーノンクール指揮。落ち着いたピアノ五重奏曲も秋にふさわしい。

後期ロマン派の膨大な楽器群を自在に動かす大曲もいい。交響詩「英雄の生涯」や「アルプス交響曲」のR・シュトラウスはくっきりと明快洒脱。一方、ブルックナーの交響曲はスローテンポでもやもやと定まらず、微細な弦のトレモロや全楽器

HERBERT VON KARAJAN
BERLIN PHILHARMONIC
CONCERTOS
ORCHESTRA, BWV1041
ORCHESTRA, BWV1042
ORCHESTRA, BWV1043
STEREO

回れ！　レコード

が咆哮《ほうこう》する大音響まで七十～八十分もある長尺がえんえんと続く。その荘重は、山を覆って流れる霧の切れ目から忽然《こつぜん》と古城が現れ、また隠しゆく如し。

音楽はイヤホンではなく、スピーカーから流れ出る生音で聴きたい。愛用の真空管アンプは音色がやわらかく艶がある。聴くときは何もせず集中する。不器用な私は昔から「ながら」ができない「一つだけ派」。音楽をかけて原稿などもちろんだめ。乗り物でも何もせず乗っていることを味わい、晩酌も酒だけに専念し、新聞を見たりはしない。

＊

夜になればジャズの登場だ。「ジャズに名曲なし、名演あるのみ」と言うように、クラシックのレコードは作曲家別に並べ、ジャズは楽器別になる。

最もジャズらしい楽器は金色のサックスか。アート・ペッパーの哀愁、スタン・ゲッツの流麗、リー・コニッツの意欲、同じ楽器でも個性が際立つのがジャズ。譜面をなぞるクラシックと、即興がすべてのジャズは全く違う音楽で、即興のスリルは演奏者の神がかりの連続だ。作家・村上春樹はスタン・ゲッツのファンで先頃その伝記を翻訳した。ジャズマンに壮絶な人生を経る人が多いのは、身も魂も切るような音楽だからではないだろうか。

楽器ではジャズ・オルガンの無機質な音も都会的で、それゆえに奏者の熱気が際立ってくると感じている。やはりジミー・スミスか。モダンジャズはビ・バップから始まって、マイルス・デイヴィス、ジョン・コルトレーン、オーネット・コールマンなどの革新が続き前衛派に至る。それを同時代に聴いてきた今は、好きなプレイヤーの名盤を素直に味わう境地。

ここ十年ほどは女性ボーカルに集中し、名盤もそうでないものも買い尽くしたか。声は楽器よりもはるかに人それぞれで、名唱は何度繰り返し聴いてもさらに深まり、感動があふれる。

ごひいきは、キーリー・スミス、ジョー・スタッフォード、ジューン・クリスティ、ヴィバリー・ケニー、クリス・コナー、ジェイ・P・モーガンなど書ききれない。実力ナンバーワン、エラ・フィッツジェラルドは二枚組『コール・ポーター名曲集』が不滅の名唱だ。

年齢を経て音楽ほど良いものはないと身にしみるようになった。音楽は時間芸術で「時間」を楽しめ、文学や映画のような「意味」はないから余計な頭を使わないですむ。ただ音楽を聴いている。もう意味はいらない。意味なく過ごそう。

京都で飲む（1）

下北沢の居酒屋のカウンターで話しかけられた。

その方は定年を迎え、これからは日本の居酒屋巡りと決めきっぱりと引退。私の本『居酒屋百名山』を取りだし、「すべてまわりました」と開いた目次は訪ねた日時が克明に記されている。閉店した店もあるが「それも間にあった」そうだ。百名山は北海道・旭川《あさひかわ》から離島・宮古島《みやこじま》まで。

「宮古も行かれたんですね？」

「はい『ぽうちゃたつや』、感動しました」

交通費だけでもたいへんだ。

「どこがよかったですか？」

「すべてです、よくない所は一軒もなかったです」

「奥様は？」

「応援してくれました」

なんとありがたい話だろう。私は深々と頭を下げ「祝　百名山達成」とサインさせていただいた。

これを別の人に話すと、そういう中高年は大勢いて、夫婦で全国をまわっている人もいる。また地方の居酒屋で「太田さんの本を見て来た」客が多いとも聞く。共通は、初めて来た一人客で礼儀正しくしており、もしやと声をかけると本を取り出す。そういう人が偶然カウンターで隣り合い、意気投合して店情報を交換していることもあったとか。日本の名居酒屋を記録しておこうと書いた本（初版二〇一〇年）が、実用にもなっているとはまことにうれしい。私もまだ続けている。

＊

「こんちは」

「太田さん、おこしやす」

京都の「祇園《ぎおん》おかだ」は二度目。二階に簾《すだれ》の祇園らしいお茶屋割烹ながら、品書きを選んで飲める居酒屋感覚をたいへん気に入った。席は白木カウンター端。旅の酒の醍醐味《だいごみ》は時間がたっぷりあること。さて、ゆっくりやるぞ。

まずはビールをぐーっ。五角皿のお通し〈菊菜と白ずいき和え〉に添えたおいしい蛸《たこ》の子をつまみながら詳細な品書きを読む、いちばん心おどる時だ。さらに「こちらもどうぞ」と本日のおすすめ小黒板を置いてくれる。

うーむ……。この後は酒にするからまずは刺身、造りだな。私は貝が大好物。黒板の〈秋鯖きずし〉も大いに気になる。

「お造り、赤貝、天然鯛、それと秋鯖きずし。酒は英薫《えいくん》お燗」

「はい、鯖は少なめもできます、三切れくらいでどうでっしゃろ」

「はい、それで」

届いた、紺の横縞が繊細にまわる首長の京徳利は私も同じ柄のを持っており、赤い袴《はかま》によく映える。酒にはつきものの養老伝説の瓢箪《ひょうたん》をあっさり描いた盃も私の好みにぴったりだ。

十月末、日本橋髙島屋「日本酒まつり」で太田和彦コーナーを設け、トークや酒器コレクション展示をすることになり、コンテナ二つにあふれる徳利およそ百五十本、盃は数え切れないのを整理。スペース上、徳利はあきらめ、盃を二百個ほど並べた。狙いは世界最小の器に絵や詩文で世界観を表す盃の文化を見せることだが、

それはさておき、
　ツイー……。

〈きずし〉は、よく脂ののった大ぶり秋鯖酢〆《すじめ》を出汁に浸し、おろし生姜《しょうが》をたっぷり。青い胡瓜《きゅうり》を添えて関西の代表料理の自負が感じられ、うまいこと！

　今来た美女と年配紳士はカウンターに座りながら、美女「こないだの松茸ごはん二合、三つ葉は抜いて。あと牡丹海老ともずく。新銀杏《しんぎんなん》」、紳士「車海老と銀杏のかきあげ、持ち帰り弁当は四つ」。店で働く全員にビールを一杯飲ますのがこの人のきまりらしく、親方と弟子五人がグラスを上げてぐーっと一気に飲み干し、すぐまた仕事にかかる。帰られて「どういう方？」と小声で聞くと、ご常連だが時間は短く、この後のお茶屋も弁当を渡し終えるとすぐ帰り、一個は自分用で毎晩八時には寝るとか。京都の粋人かあ。

　さてこちらはメインにした〈天然鯛かぶと焼〉が届いた。焼く前に弟子が親方に見せたのは相当大きく、二つに切り分けて串打ちされたまことに堂々たる一皿。これればかりは一心不乱無我夢中。

　カウンターの常連らしい女性二人客が私の顔を知っているそうで、気を利かせた親方が、当店も載る私の文庫本『関西で飲もう』を「さしあげますからサインを戴いたらいかがですか」と差しだしてくれ、女性がコースターに書いたお名前は流麗な達筆。女同士で上等なカウンター割烹に来るなんて京女性は粋だなあ。

満足して渡る四条大橋から、今夜が最後の夏の川床が明るく、川岸の草土手は、京都名物の等間隔に腰をおろしたカップルがいっぱい並び、後ろに立ってギターを弾く若者もいる。

さあてもう一軒と、先斗町《ぽんとちょう》に入るのでした。

京都名物、鴨川のカップル

京都で飲む（2）

鯖寿司《さばずし》は京都の名物。私の気に入りは祇園四条の「千登利亭《ちどりてい》」。今日の昼はここにしよう。

職人肌の親方と奥様の小さな店だが「大本山建仁寺《けんにんじ》御用達」に重みがある。鯖寿司、小鯛雀《すずめ》寿司、蒸し寿司、ちらし寿司など、江戸前とちがう様々が京都の寿司。外に張り紙された「かます寿司」は、緑の大葉を挟んだ酢飯に時季の厚いかますを押した箱寿司で、涼しげな味はすばらしい。この二週間くらいだけだそうで、いい時に来た。

食べることばかりとお思いでしょうがその通り。それ以外はホテルで寝巻き姿でしっかり原稿書き。京都には飲食に来たのだ。てなわけで夕方は千本《せんぼん》の「神馬《しんめ》」。

「こんちは」

「おこしやす、どうぞあちら」

案内はコの字カウンター奥のお燗場前。一番乗りと思ったらすでに数人が盃を傾けている。

創業昭和九年、おそらく現役の京都居酒屋で最も古いのが「神馬」。およそ三十年も前、「赤垣屋《あかがきや》」で京都の居酒屋を知り、ここ「神馬」で神髄にたどりついたと感じた。当然だが京都が観光地になる遥《はる》か以前から地元の人は何代も神馬で飲んできた。寺や庭ばかりが京都ではない。居酒屋にも京都の歴史がある。それを味わうのがここに飲みに来る意味だ。

「さあ何しまひょ」

京都の商売は信用第一。市場と半世紀以上のつきあいのここは、最高の品が入ると値段に関係なく「当然買うでしょ」と勝手にとっておくそうで、そうなれば買わざるを得ず「かなわんですわ」と笑うが、表裏ぎっしりの品書きは、高いものは高い、安いものは安いの値段明記。お通し三連皿は〈イカうに和え・子持ち昆布と枝豆紫頭巾・子持ち鮎煮浸し・万願寺焼〉。これは酒だ。最近は銘柄酒も置くが、基本は伏見の酒五種を甕にブレンドしたここだけの酒で、十二穴の銅壺《どうこ》燗付器に大徳利でお燗し、その比類ないうまさは、かつて「いろんな酒の味が調和する」としか書けなかった。

隣の地元らしき一人客の〈甘鯛塩焼〉がうまそうだ。甘鯛こそは京都の魚。主人の「こちらはんはいっつもこれ食べに来て、とにかくでかいのをと」と笑い客も苦笑。京都は食道楽がいる。「こっちも、あの半分」と注文、「では頭のとこしまひょ」となった。

あとは〈お造り盛四種〉、絶品〈奥村商店の鯨ベーコン〉に時季の〈松茸焼き〉。さあ始まりだ。

＊

店の古い風格はすばらしいが、サインペンの品書き札や、もらいものポスターをぺたぺた張っている気安さがいい。品は超一流でもあとは居酒屋感覚。中の太鼓橋先は大机もあり飲み会もできる。

そろいの黒Tシャツできびきび働くバイト学生たちの澄んだ目がいい。英語や中国語のできる一流大生やその留学生ばかり九人で交替シフトを組む。

主人が「あれほど立派な娘はいなかった」と述懐するのが伝説の「まなみ」さんだ。同志社大学に入ったが学費がなく、首席ならば四十万の学費が支給されると、

「神馬」の風格ある玄関

四年間を勉強とここのバイトのみで過ごし、みごと毎年首席を通して卒業した。お母さんは習字の先生で厳しい人だったが今も電話をくれる。卒業後、バイト生みんなと伊賀上野《いがうえの》の彼女の家に遠足に行き、伊賀牛しゃぶしゃぶを食べ、土産に市場で土鍋を四つ買ってきた。「それがあれです」と指さすのが、土鍋の本日の〈鯛としめじの炊込みごはん〉だ。

中国からの女子留学生「王さん」は小柄で誰からも愛され、帰国するときは客の皆が激励した。主人の息子さんは、オーストラリア留学から帰ると次は大連《だいれん》に行くというので無理やり一カ月、店で働かせて学費を作らせた。「みんな同じ年齢ばかりで子供みたいなもんですわ」と笑う。

京都は学生を大切にする気風があり、飲食店のバイトは当たり前だが、主人はその子を学業優先に厳しく見守る親心をもつ。立ち飲み名店「たつみ」は京大生のバイトが伝統で先輩が後輩に引き継ぎ、卒業時には皆で安い海外旅行に行ったりするそうだ。

神馬を創業し、九十六歳まで店に立った伝説の女将「酒谷とみ」さんは、分け隔てのない気っ風で警察にも顔役にも一目も二目も置かれた。あるとき奥に新任警察署長が来て、横柄なとりまき部下が伝えると「それがどうした」と、並み居る客の溜飲《りゅういん》をさげた。チンピラが何かの切符を売りつけると黙って全部買い「観に行かんからやる」と渡し、以降チンピラはおとなしく飲むようになった。金のなさそうな若いのが来ると黙って一杯お代わりを出した。

ずいぶん長くこの店に通っているが、その気風は三代目にも脈々と生きている。京都の居酒屋の深さはここにある。最後の土鍋ごはんは、まことに温かい味がした。

京都で飲む（3）

京都の「赤垣屋」に最初に入ったのは四十九歳のときだ。案外遅い気もするが、ここで京都の居酒屋というものを知った。店は戦前からで、戦後、そのときで築百年は経ていたこの家に移り、そのまま続いている。

鴨川二条大橋たもと。開店五時の十五分前に来たがすでに一人が待っていた。相変わらずぼろの縄のれんが出て店内へ。目指すは奥に長いL字カウンターの手前角。裸電球の下のおでん鱶《ぶね》から適当に頼み、まずはビール、当店は大瓶だ。秋で生ビール置き場は薦被《こもかぶ》り四斗樽に。この席は開け放たれた玄関木戸から川風が入り、真っ赤に沈む夕陽《ゆうひ》も見える。上の大鏡も丸太の足乗せも、初めて来たときから店内は何一つ変わらない。昔は表は仕事場だったらしい家は大きく、カウンター先は中庭

「赤垣屋」のカウンター、手前は金接ぎ盃

で別棟座敷もある。常連は自分の席があり、先客がいれば帰るのを待って盃を手に移動する。満席を良しとして階段上がり框《かまち》で横座りに盃で飲むのはかえって特等席だ。

さて酒だ。いつも出される「百名盃」は小著『居酒屋百名山』の各店に贈った盃だが、今日若主人が「太田さん、申し訳ありません、割ってしまいました」と差し出したそれは、みごとに割れたのが立派に金接《きんつ》ぎされている。彼は深々と頭を下げたがとんでもない。これで景色ができた、二つとない名盃になった、こちらこそと礼を言う。

店の二本柱、板前・伊藤さん、お燗番・樹頭さんを継いだ今の若い板前とお燗番、手伝う若者四人とも、全員が長靴に白法被《はっぴ》、頭は白タオル。復唱以外は決して口を開かず、つねに背筋を伸ばして立ち客に目をやって仕事に集中するピンとした緊張感がすばらしい。入り口前の一畳だけの小上がりに座った若い女性は「ここがあの赤垣屋なのね」と目をきらきらさせながらも、雰囲気を壊してはいけないという正座がいい。

これが京都の居酒屋だ。客は騒いだりせず、店の張りつめた空気を守りながら、酒に、ここに居ることに専念する。客は大学の先生も多く一介の居酒屋でノーベル賞について話したりしている。

私の隣に老紳士が座り、すぐに黒ビール小瓶と玉子焼が黙って置かれた。ビールが半分になると熱燗、お造り少しなどが順に出てくる。紳士はまだ一言も発していない。用足しに立った私に若主人が「あの方は以前太田さんが、志村喬《たかし》のような客と書かれた方で、いつも同じ席で同じことを」と小声で教えてくれた。戻って一礼すると莞爾《かんじ》と応える。流儀ある客、流儀を通させる店も京都らしい。

ここは誰でも入れる安い大衆居酒屋ながら格はたいへん高く、代々の客がそれを守らせているところに私は京都の居酒屋を見た。金接ぎの盃はそれをしっかりと感じさせた。

＊

さて次は、少しリラックスして飲むか。鴨川を越えて歩いて来たのはこちらもおなじみ、三条小橋の「めなみ」だ。

「せんせ、おこしやす」

ものごしやわらかなうりざね顔の女将の迎えがうれしい。赤垣屋の武骨とちがい、こちらは垢抜けた京風たたずまいが女性的だ。

創業女将の名が「なみ」さんで、女なので「女《め》なみ」と店名。今は当たり前になった「おばんざい」を並べたのはここが最初。着席しながらカウンターの大鉢を「あれとあれ」と指さし、あとはお燗。ここに座ると京都に来ているなあという実感がわく。

その「あれ」は〈牛肉しぐれ煮と牛蒡《ごぼう》〉〈茄子煮〉。うまいなあ。派手なお造りもいいが、こういうものがまた京都の味わい。しかしここのは断じて「おばんざい＝家庭のお惣菜」の域ではない。

それだけではもちろんない。箱にぴちぴち跳ねる琵琶湖の鮎に串打ちするのを見てたまらず注文。二十分かけて焼いた、ふっくらした腹の緑色の子のうまさ！

最初の一杯だけお酌してくださる女将は三代目で、私の言う「日本三大美人白割烹着女将」の一人。以前、連れた人にそれを言うと「いややわあ」と向こうへ行ってしまった。この適当な客あしらいの居心地。中に立つ板前も若い人だなあと思っていたが、今や風格がついている。炭火を熾《おこ》して立つ若い女性にはつい仕事を頼みたくなる。みな余計な口はきかず黙々と仕事に専念している空気がいい。

茶屋遊びは知らないが、京都で最も嫌われるのは、大声で「東京ではね」と自慢する客。どんなときも大声はご法度、東京のことなど聞きたくもない。逆に「さすが京都」とおもねるのもダメ。深入りせず「うわべだけ」でつきあうのが京都居酒屋の作法だ。

てなわけで行儀よくだが、年齢のせいかこれが一番よくなってきた。もう大酒や、賑やか酒はいらない。静かにその店の空気に浸っている、それだけでいい。

＊

水の流れに身をまかせ、ゆらゆら漂う浮草だ。右に行ったり、左に寄ったり、流れ行く果ては川下の河口。居酒屋人生に悔いなし。そこがあの世だろう。

あとがき

文筆周辺の徒に週刊誌の見開き連載はうれしい舞台だ。原稿をおさめ、出てきたゲラを校正し、やがて掲載誌が届く毎週の繰り返しは、心地よい仕事のリズムになる。月一回の月刊誌はやや間が空き、ふと気がついてさあやらねばと思いだし、年四回の季刊誌だと忘れてしまう。週刊誌は、何を書こうかと毎日気にしている緊張感がいい。

私は『サンデー毎日』からお声をいただき、二〇〇八年にカラーのグラビア連載「東京の居酒屋」をはじめた。この頃はまだデザイナー意識が強く、毎回の撮影立ち合い、レイアウト、そして文章という感じだった。およそ一年が過ぎて完結すると『東京　大人の居酒屋』(毎日新聞社)として全ページカラーの本になった。当然の気持ちでデザイナーとして本のデザインもすべてやった。

翌二〇一〇年に同誌で文章だけの連載「ニッポンぶらり旅」が始まった。

これはその以前一九九三年から九八年まで月刊誌『小説新潮』で連載して『ニッポン居酒屋放浪記　立志編・疾風編・望郷編』（新潮社）三部作にまとまったものの続編にしようと考えた。前作はまだ血気盛んな四十七歳〜五十二歳に、相棒編集者と日本中の居酒屋踏破をめざしたコンビものだったが、その完結から十二年、老境を前にした一人旅紀行だ。

週刊誌連載エッセイは、作家とコンビの挿絵（イラスト）が売り物だが、こちらは旅記事なので自分で写真を撮って使うことに。その連載フォーマットも自分で作り、文・絵が同時入稿されるのは編集部に喜ばれた。ながく続け、もの書きとしての代表作にしたい気持ちがあり、第一回の旅先、最初の一行をどう書くかを念入りに考えた。

連載は五年、二百二十七回続いて集英社文庫六冊に収録された。

『ニッポンぶらり旅　宇和島の鯛めしは生卵入りだった』
『ニッポンぶらり旅　アゴの竹輪とドイツビール』
『ニッポンぶらり旅　熊本の桜納豆は下品でうまい』
『ニッポンぶらり旅　北の居酒屋の美人ママ』
『ニッポンぶらり旅　可愛いあの娘《こ》は島育ち』

『ニッポンぶらり旅　山の宿のひとり酒』

訪ねたのは五十一の町。第一回の宇和島から最後の大津まで、一つの連載でこれほど多くの地をゆっくり訪ねた紀行は、あまりないのではないかと自負している。日本の地方都市はそれほど変化に富んでいた。

＊

雑誌は編集長が交替すると表紙や連載を見直してイメージチェンジをはかる。お会いした新編集長がそれをほのめかすのを待って言った。

「次は味でいきませんか、写真はすべて食べたもの」

「いいですね、そこに旅の要素も残しましょう」

タイトルを「おいしい旅」としてスタート。その連載も集英社文庫になった。

『おいしい旅　錦市場の木の葉丼とは何か』

『おいしい旅　夏の終わりの佐渡の居酒屋』

『おいしい旅　昼の牡蠣そば、夜の渡り蟹』

再び編集長交替し、次は特定のテーマを立てない日常エッセイ「浮草双紙」となった。写真はその時々の内容に合わせる。このころになると写真の連載をしている意識がつよく、このテーマで写真をつけられるかと考えるようになった。

それも終了して二冊にまとまる。

『町を歩いて、縄のれん』

『風に吹かれて、旅の酒』

こうして十一年の週刊誌連載は終わった。長期連載散文は否応なくその時々を反映する。私は社会時評エッセイではなく自分を書くようにした。六十四歳〜七十三歳。人生の円熟期から老境期に毎週書いた原稿は、私の人生記録に、少なくともボケ防止にはなった。ながく続けさせていただいたことに感謝あるのみ。

ずっと担当してくださった編集者はその後退職され、ではゆっくりお疲れ会をしようと約束したが、コロナ禍でまだできていない。

二〇二〇年八月　太田和彦

解説

松尾貴史

畏兄の太田和彦さんについて、私が何か解説したり補足したりという差し出た真《ま》似《ね》は随分と烏滸《おこ》がましいけれども、せっかくのご指名があったので、私なりの太田さんに対するファンレターのようなつもりで、立ち回られる先々の土地や店やその他のことどもについて、そこはかとなく覗《のぞ》き見をしながら尾行してみようと思う。

もちろん、ふらり飲み歩き界での存在は存じ上げていたものの、最初にお目にかかったのは今から七年前（二〇一三年）の九月だった。食通としても知られる日本相撲協会の浦風《うらかぜ》親方が二十年ほど前「敷島《しきしま》」関だった現役時代に、博多《はかた》の名居酒屋「さきと」を紹介してくれた。魚その他つまみの旨《うま》さと日本酒の銘柄の豊富さ、店主のご夫妻の文化芸能に対する話題の豊富さなど、酒場好きなら誰でも虜《とりこ》になるような店だ。私もそれ以来、博多や小倉《こくら》で仕事や私用があるときは、必ず通っている。夫妻がお店が休みの時に、上京されたり関西を訪れたりする折に、それぞれの地のさきとファンが不定期で開く「東京さきと会」「大阪さきと会」という催しがある。私が最初に参加した「東京さきと会」は、六本木《ろっぽんぎ》ヒルズ地下の「田酔《でんすい》」で催され、四、五十人のさきと常連客が集結し、盛大に盛り上がった。そこでたまたま隣に座らせていただいたのが太田さんだった。

私にとっては居酒屋を飲み歩く道の大先輩であり憧れでもあるところへ、私が若い頃に夢破れ諦めたグラフィック・デザインの世界を本業となさる人でもあるので、ただ眩《まぶ》しく盃《さかずき》を口に運ぶ横顔をチラチラと見るばかりだった。お気遣いだったのか、すこぶる気さくかつ柔和に色々と話しかけてくださって、私も緊張が解け、随分と感激したのがつい昨日のような感じもする。

芸術全般に造詣が深く、音楽にも詳しい太田さんの、ジャズの空気が全身から漂ってくる雰囲気も憧れる要素だ。私はジャズについて知識があるわけではないけれども、私の父がジャズ好きで、子供の頃からミッチ・ミラー合唱団やデイヴ・ブルーベック、ライオネル・ハンプトンなど聴かされるともなく聴かされて育ったので、体の中には染み込んでいるのではないかと思っている。個人的な話で恐縮だが、父は島根の山村で九人兄弟の下から二番目として生まれ、中学の頃に貧しい農村暮らしに耐えかねて家出同然で神戸の街に出てひとり住み着き、米軍のキャンプに出入りして兵士たちに菓子をもらい英語を習い、そして何を思ったのかアメリカへ密航しようとしたのだった。ところが、実はその船が岡山のドックに入る船だったようで、救命ボートに入り込んでシートをかぶって隠れていたところを見つかり捕獲されてしまった。名前を「岡田まさお」、本籍地を当時まともな資料を照らし合わせるのが困難だった「広島」と偽り、釈放された。その後は仕方なく、三宮《さんのみや》の生田《いくた》神社東側にある繁華街、東門街《ひがしもんがい》（そのころは東門筋と呼ばれていたような記憶がある）の、ジャズの生演奏が売りのキャバレー「チェリー」のバーテンダーになったので、ジャズに対する強い憧憬もあったのだろうと思う。

幼稚園の頃から、カクテル用の水飴《みずあめ》シロップを作るなどして開店準備をする父のそばのボックス席に座り、彼の邪魔をしながら動物のおもちゃで遊んでいると、なぜか早く出勤して来たホステスさんから「ぼく、そのおもちゃハクライか」などと話しかけられ、舶来という言葉を知らないこともあって狼狽《ろうばい》した甘酸っぱい思い出が残っている。太田さんの文章に登場する神戸の街は、その頃の原風景を思い起こさせてくれる匂いが感じられるので、私はついつい涙腺が緩んでしまうのだ。

「神戸の歩き方（1）」に登場する「良友酒家《りようゆうしゆけ》」（関東では酒家を「しゅか」と読むことが多いように思うが、神戸ではなぜか「しゅけ」と読ませる店が多い）は、以前に神戸市立神戸小学校（今のこうべ小学校とは別）の同級生に連れて行かれたことがあるのだが、店名が思い出せず再訪の機会を逸していた。本文を読んで、沢田研二さんや角野《かどの》卓造さんらとともに、私のサインも飾られていたと知り、インターネットで店を検索してみたら、客が掲載したであろう店内の写真に、壁に貼られた色紙が写っていた。画像を拡大してみると、サインの横に書いた日付が「2010年」になっている。太田さん、ありがとうございます。いや、便利な世の中になったものだ。

私の故郷は神戸の三宮なのだけれど、中学二年の頃には隣の西宮《にしのみや》市に転居し、父の店は続いていたけれども、酒が飲める年頃になった私は大阪芸術大学のデザイン科に通っていたので、神戸の酒場には馴染《なじ》みを持つことがなかった。私の第一の故郷を「第二の故郷」と呼んでくださり、そしてもちろん私よりも随分詳しい先輩に、神戸の名店を連れ回してほしいと夢想するばかりだ。

太田さんは、下北沢《しもきたざわ》の大先輩でもある。三十五年前に、そこへ初めて足を踏み入れたのは、どういう流れからか、役者の先輩方である竹中直人さん、中村有志《ゆうじ》さんと三人で飲むことになり（当時はおふたりとも下戸《げこ》で酒飲みは私だけだったのに）、竹中さんの強い要望でジャズバー「レディ・ジェーン」に連れて行かれた時だった。

竹中氏は「（松田）優作がいたら嫌だなあ。いるかも知れないけど、いたら嫌だなあ」と言いながら案内していた。そして、店の扉を開けて顔だけ店内に突っ込んで「優作来てます？」と聞いている。「いいえ、今日はお見えではないですね」と店の人が答えると、それを聞くが早いか「じゃまた来ます！」と扉を閉めて、「他行こう」と。何にせよ、訳がわからない「飲み会」だった。それから二十年ほどして十五年ほど前からは自分で足しげく通うようになったが、太田さんは随分と前から馴染みのようだ。昨（二〇一九）年十一月に太田さんと私のふたりで下北沢一番街の居酒屋「両花《りょうはな》」で飲ませて頂いたとき、「もう一軒」となって、「じゃあ大木さんのところ（レディ・ジェーン）へ行こうか」と相成った。経年によって深い味わいの出た空間で太田さんがにこやかに飲んでいると、ここぞという絶妙な存在のフィット感がある。早くあの境地に達したいものだ。

私は下北沢で、二〇〇九年から「般若（パンニャ）」というカレー店を開いているのだが、「太田和彦のふらり旅　新・居酒屋百選」（ＢＳ11）という番組で来訪、紹介してくださるという栄誉に与《あずか》った。その後、メールをくださり、イカ墨の衣で包んで揚げたカツがのったカツカレー「マハーカツカレー」を、「死ぬほどうまかったです」とお褒めくださり、浮かれて年甲斐《としがい》もなくスキップしてしまったほどだった。その後もお越しくださっているようで、光栄の極みだ。

もう私の中では、太田さんと同じく「わが町、下北沢」の実感がある。本文でも触れられているが、「戦後遺物の道路計画」の動きは、地元の住民、商店会、文化人、演劇人、音楽家らの必死の抵抗により小康状態を迎えたが、まだ色々と画策はされているようだ。茶沢《ちやざわ》通りから、著名な役者や音楽家らがアルバイトをしていたことでも有名な老舗《しにせ》の中華料理店、その先のロックバーやスナックなどが入る古い建物などを立ち退《の》かせる動きが再燃しているという。おそらくはこのコロナ禍で疲弊してしまっているのを見越してか、立ち退き要請が始まってしまったという。目先の効率で町の魅力を破壊してしまっては本末転倒ではないか。人々が何に魅力を感じてこの街に集うのかを理解しない想像力の欠如を感じる。短くとも幅の広い道路を作れば、建築基準法に阻まれている巨大な高層ビルを建てることができるようになる。この街に、本当にそれが必要なら致し方ないけれども……。

本文で触れられている、新宿の「どん底《ぞこ》」には、三十年以上前に、元・黒テントの俳優、故・斎藤晴彦さんに連れられて行ったことがある。その直前、四谷《よつや》にあった「ホワイト」というバーで、その当時世の中を騒がせていた「疑惑の銃弾」、いわゆるロス疑惑の故・三浦和義氏と遭遇し、なぜか意気投合して躁《そう》状態になり、彼が帰ると斎藤さんから「一軒、三浦と飲んだって自慢しに行きたい店があるんだ」ということになったのだった。やりとりを再現しつつ「どん底」の店の方に報告する斎藤さんの、複雑に嬉《うれ》しそうな笑顔が偲《しの》ばれる。

太田さんの、京都での動きというか情緒の楽しみ方にも、大いに肖《あやか》りたいところだ。ふらりと歩く太田さんの風情は、京都の町並みにふわりと重なるのだ。二条《にじょう》川端の「赤垣屋《あかがきや》」に初めて行ったのは、二〇〇八年に映画監督の林海象《はやしかいぞう》さんから、彼が学科長を務めていた京都造形芸術大学映画学科の客員教授にならないかというお話をいただいた時だった。全て前向きにしか返事がし難い素敵な空間で、決断力の乏しい私が二つ返事で承諾したのは店と肴《さかな》と酒のせいだろう。翌年から七年間、隔週で京都に通うことになった。もちろん、同じく太田さん思い出の「神馬《しんめ》」にも、偶然足を運べるようになった。まあ、偶然と言っても有数の名店なので必然なのだろうけれど。

そういえば、先日私が週に一度連載している毎日新聞のコラム「ちょっと違和感」で、神楽坂《かぐらざか》の細い路地を歩いていて偶然見つけた居酒屋が大当たりだったことを書いたら、毎回読んで下さっている太田さんから「あれはどこの店ですか」とメールが届いた。すぐさま店名を返信すると、間髪を入れずに「あそこならベストです」と返信が届いた。いや、やはりご存じでしたか……。

私も太田さんと同じく、落語や活弁、浪曲などのレトロ感のある芸能が大好きだ。立川志の輔《たてかわしのすけ》さん、玉川奈々福《ななふく》さんや坂本頼光《らいこう》さんなど、肩入れしている芸人も重なることが多い。本書に登場するそのお三人とは、それぞれ別に独演会のゲストで呼ばれて一席落語などを演《や》らせてもらっているし、私的にもお付き合いがあって、色々と教えをいただいている。太田さんとその方々との関わりは意外で、本書で知った。そこでも共通するとは、奇遇……ではなく、太田さんファンなら皆その世界観は共通するのかもしれない。

私はこれほど無粋な人間であるにもかかわらず、太田さんの背中ばかりを追いかけているのかと思うほど、重なることが多い。俳句を嗜《たしな》まれることもそのひとつだ。「納涼俳句会」に記されている句会の様子が、私の参加していた「駄句駄句会《だくだくかい》」（山《やま》藤章二《ふじしょうじ》画伯が宗匠で、横澤彪《よこざわたけし》、玉置《たまおき》宏、野末陳平《のずえちんぺい》、吉川潮《よしかわうしお》、立川左談次《さだんじ》、高田文《ふみ》夫《お》、橘右橘《たちばなうきつ》、高橋春男、島敏光《としみつ》、木村万里《まり》、林家《はやしや》たい平など、敬称略）は、メンツを見ればわかる通り、俳句をひねる時間も惜しまずそこにいない誰かの悪口を言う会になっていて、あれほどうるさい句会もないのではないか。茶人の風流に近づきたいものだ。本文記載の太田さんの俳句を。

法事終え穴子弁当黙しつつ
扇風機黙る二人に風おくる

やはり静かだ。

（まつお・たかし　俳優）

JASRAC 出 2008095-001

本書は、二〇一八年十二月から二〇一九年十一月まで「サンデー毎日」に連載された「浮草双紙」から選出した作品で編んだオリジナル文庫です。

太田和彦の本

おいしい旅　錦市場の木の葉丼とは何か

全国各地の「これはうまい」が満載！　丼から麺や中華に酒肴まで。旅情とグルメが詰まったオリジナルカラー文庫。

おいしい旅　夏の終わりの佐渡の居酒屋

今日は、ぬる燗に刺身といこう。金沢や京都、佐渡にウィーン。各地の美酒美食を、情緒あふれる文章とカラー写真で紹介。

おいしい旅　昼の牡蠣そば、夜の渡り蟹

ふらりと出た旅で見つけた味は、その土地だけの美味。岡山・鎌倉・ニューヨークなど、気ままな味探し旅シリーズ完結編。

太田和彦の本

町を歩いて、縄のれん

好きで始めた居酒屋探訪。さすがに昔のように毎晩通うことはなくなったが、馴染みの店はたくさんある。旅に出るのも億劫なときは近場を散歩。ふらりと入った店で掘り出し物を見つけたり。人生まだまだ楽しめそうだ――日常にあるささやかな幸せをつづったエッセイに、美麗な写真を添えたカラー文庫。

集英社文庫

集英社文庫

風《かぜ》に吹《ふ》かれて、旅《たび》の酒《さけ》

2020年10月30日　第1刷　　定価はカバーに表示してあります。

著　者　太田和彦《おおたかずひこ》

発行者　徳永　真

発行所　株式会社 集英社
東京都千代田区一ツ橋2-5-10　〒101-8050
電話　【編集部】03-3230-6095
【読者係】03-3230-6080
【販売部】03-3230-6393（書店専用）

印　刷　大日本印刷株式会社

製　本　ナショナル製本協同組合

フォーマットデザイン　アリヤマデザインストア　　マークデザイン　居山浩二

ISBN978-4-08-744174-1 C0195